蒋立波

著

呼吸练习

Jiang Libo

Breathing

Practice

百花洲文艺出版社

BAIHUAZHOU LITERATURE AND ART PRESS

图书在版编目（CIP）数据

呼吸练习 / 蒋立波著. -- 南昌：百花洲文艺出版社，2024.4
ISBN 978-7-5500-5302-1

Ⅰ.①呼… Ⅱ.①蒋… Ⅲ.①诗集 - 中国 - 当代 Ⅳ.①I227

中国国家版本馆CIP数据核字（2023）第188643号

呼吸练习
HUXI LIANXI

蒋立波　著

出 版 人　　陈　波
责任编辑　　罗　云
封面设计　　蒋　浩
美术编辑　　张诗思
制　　作　　何　丹
出版发行　　百花洲文艺出版社
社　　址　　南昌市红谷滩区世贸路898号博能中心一期A座20楼
邮　　编　　330038
经　　销　　全国新华书店
印　　刷　　江西千叶彩印有限公司
开　　本　　720mm×1000mm 1/32　　印张 6.25
版　　次　　2024年4月第1版
印　　次　　2024年4月第1次印刷
字　　数　　150千字
书　　号　　ISBN 978-7-5500-5302-1
定　　价　　49.00元

赣版权登字：05-2023-345

邮购联系　0791-86895108
网　　址　http://www.bhzwy.com
图书若有印装错误，影响阅读，可向承印厂联系调换。

成为汉语的守夜人，或一种"钉痕的诗学"

——以蒋立波晚近的诗写作为例

夏可君

诗、诗艺，写诗，从来不是一件轻松的事情与日常的口语化表达，而是根本上的被动经验，不是诗人要去写诗，即，诗人并非诗歌的主人或主体。如果有着至上的诗艺，诗人不过是让"诗"成为主人，让一个词、一个句子、一个语象，成为主导，这并非仅仅是诗艺的客观性，此乃诗艺的至上伦理。

在这个意义上的写作，导致诗本身成为接受法庭审判的活动，就如同卡夫卡的整个写作，都等待着被传唤，等待匕首接近的时刻。痛感已经提前抵达，在现代性的诗歌写作中，这种被动性的传唤或召唤的责任，在策兰与雅贝斯，在曼德尔施塔姆与布罗茨基那里，并不缺乏。但在汉语诗歌中，除了北岛早期写作中偶尔显露，进入身体口语化与个体戏剧化写作的当代汉诗，似乎就丧失了此品格；但所幸我们再次听到了这个被传唤的召唤，这就是诗人蒋立波的诗作。

诗人甚至认为，他不得不忍受每一行诗对他提出的指控，如同忍受生活每天的逼供和审讯。在当代汉语诗歌里，从来没有一位诗人，如同蒋立波，以如此明确的姿态，让"诗行"成为主体，成为主导，在接受诗行的传唤中，诗人自己被带入诗艺审判的法庭上，接受审判。这是当代汉语诗歌中罕见的场景与时刻：诗无非证实了诗的"无效"，诗写作不过是一次戴罪之身的"反绑"。我没有见过汉语诗人中有人能如此具有自否定的判定，它不是过去年代的自我归罪，而是来自诗性的判决，并且来自更为极端的判定。写诗，诗写作，无非是证实诗自身的无效，而且是把自己之为戴罪自身，加以一次自我的反绑，不是解脱，因为不可能通过诗歌来解除捆绑，而是要再一次地负荆请罪。

还有更为彻底的见证，请再一次聆听：诗无非证实诗的"无效"，如咽拭子提取喉头爆破音！中国当代汉诗的成熟，来自彻底地反省，在诗句的合法正当性与强力动作的一般化之间，发生了从未有过的共鸣。在严酷的现实面前，在肯定无效的写作之后，诗歌何为？从哪里再次发出声音？也许不得不带着喑哑与嘶哑，语词彻底丧失了其透明性，而只能成为一种如同墓碑上的错别字，被时间风化后，变得含糊不清了。

读到蒋立波的诗作，一种逼人的凛冽气质，反而让诗作本身获得了从未有过的威严，这与其他诗人是如此的不同。这是因为立波充分认识到，诗写作之为

2

诗艺，不是他要去写诗，而是要让诗成为一个独特的对象，不，诗不是对象与客体，而是一个主体，一个审视自己的绝对他者，一个独立的他者。这当然与信仰相关，也与列维纳斯讨论策兰写作时的思考方向一致，如此来自他者之优先性的写作，当然也具有某种来自唯一神论的超越要求。

诗人不再是写作的主体，诗行与诗句才是主体，诗人的主体身份，要么因为残酷的现实变得可疑，要么是贫乏的经验根本不可能孕育真实的诗歌，要么是被暴力污染的语词已经无力承担诗歌的本体。因此，诗人必须让写下的诗行来审视自己；同时，也让这些诗行自我审查。这是双重的审视！尽管诗行成了主体，但总体的审判场景，也把诗行本身置于被审判的行列，这也意味着没有什么可以逃避追责，由此确立了诗性正义的法庭，诗艺本质的法庭。

此诗艺的本质，立波喜欢用"本质"这个词，却并非本质主义的独断，而是一种深入骨子里的反思性。本质的诗艺法庭，看似以"诗行"作为审判者，但其实并非看上去那么简单，就如同作为他同乡人的余华，其早期的小说受到卡夫卡的影响，所以常出现医生与法庭的双重场景。立波的诗写作，为当代汉语诗歌确立了一座本质的法庭，要让进入诗艺的所有表达，都接受本质的判决。诗艺的本质在于让诗人成为诗的人质，这就意味着，诗人必须把自己的性命抵押给诗，诗写作就成为一种酷烈的考验了。我不知道有多少诗人愿意接受此考验，当然也没有多少诗人可以通过此悬头的考试。

汉语丧失了其本质的诗意，也是因为汉语的语词陷入了空转，一切都在空转，"印刷机也在空转"，一切都被编入到"虚无之梭"的空转之中。其根本的原因，在诗人看来，乃是因为《本质之书》尚未写成。汉诗写作难道不就是要停止那些无数丧失了本质性的写作活动吗？对于"本质"的寻求，乃是立波试图让诗回到它本真的状态，由此首先就必须从语词的虚无空转中摆脱出来，不是急于说话，而是不由自主地舌头打结，或者把语词变成《"Y"形鱼刺》一诗指明的形态学一般：一个个词，一行行诗句，乃是陷入黏膜中的鱼刺，成为无法拔出的异物。语词与诗行，要有阅读的刺痛，如同古老的咒语或惩罚，因为这代表着"一种不能轻易软化的立场"。

这就是曼德尔施塔姆在《时代的喧嚣》中所言的，诗人要练习的不是说话而是口吃。这也是立波在自己写作中不断强化的，似乎只有结结巴巴的谈论，才算学会一门幽灵学的语言。诗写作乃是让语句变得结结巴巴，不再有顺畅的日常口语化表达，而且，诗行也在接受审视，诗写作还必须开始对诗自身的删除，这是一种自我否定的勇气，要敢于删去一首首被写坏的诗。只有在如此的被迫中，诗人才可能同时扮演遇害者和犯罪嫌疑人的双重角色，我们就再次回到了诗意的本质法庭。

对于立波而言，汉语诗歌写作的场景，成为某种指向谋杀或暗杀的现场，这也让汉语诗写作获得了从未有过的主体性或伦理性。如此的彻底性，如同诗人自己一再告诫自己的，要诚实些，再诚实些，不要轻易写下任何一行，不要让遍体鳞伤的汉语再次蒙羞。这就必须克服某种机巧、轻佻和对惯性的依赖，甚至要克服对自己小心翼翼塑造起来的固有的诗人形象的屈从。这是罕见的诗性品质，也是指向诗写作本身的不屈服，当然其中也有着艰难的转化：既然汉语已经蒙羞，就不要再次去揭开伤疤与痛楚，但怯弱的自我保护行为也是某种屈从，因此还必须再次"反绑"自身，让诗句在痛苦中得到包扎，把"反绑"转化为"包扎"。这是医治，是诗艺的生命技术，在疫情防控期间及其之后，这难道不是诗意最为独特的时代性？

当然，首先还是要让诗行成为主体，立波的写作把主体自身激进地被动化了，这既是对诗艺的尊重，也是肯定诗意的威严，让诗行反过来审视诗人自己这个第一读者：诗人你自己是不是一个伪善的读者？这可能是波德莱尔开启的现代性诗意写作中最为重要的一个问题！这迫使诗歌写作活动成为一种反思的行动，成为一种既审视诗行，也审视诗人自己经验的双重考察。

由此，诗写作必须接受自身的反向击打，诗要接受诗的反驳，让诗去纠正诗，让舌头去纠正舌头，看似这好像类似于某种诗意翻译的工作，但其实这是伦理的转身姿态，由此让诗艺获得一种从未有过的品格。这体现在《对杜甫的一次重构》中所表明的姿态里，就像一个杜甫和另一个杜甫闹别扭，新诗也始终需要接受来自过去的质询。对于立波而言，如此的"反向"，以蝴蝶的普遍诗意化身而言，这是在优美的形象中嵌入血腥的内脏。

重新开始的写作，不得不重新开始追问，什么是语词？诗中的语词，如何得以被感觉到？就如同要拔掉一颗残牙，就不得不屈从牙科诊所电钻的惩戒，语词仅仅剩下残端的意义，还要接受电钻的惩戒——这是酷刑的考验，松动的词根也失去了准确性，但还是需要探针——刺痛听觉，不让自我麻痹于修辞的炎症——持久的慢性炎症以至于失去了痛感，但又必须有着粉色的肉感，语词的肉身必须在场，哪怕它充满了病痛。

立波的诗写作，不仅仅是在描述一个个事件，哪怕这些事件如此日常，如此个体化，都指向诗歌写作活动本身，这是真正的元诗写作，不是修辞的后设姿态，不是个体以戏剧化反讽的背后伪装，以此保护诗人的免责形象与自我诱惑，而是要把自己的感知置身诗行之中。这就不再是语词做成的人，而是语词做成的"废物"。在这已经残废与残疾的语象中，还要保持绝对的警觉，接受惩戒或审判的警觉，对于永恒的夸饰，对于轻佻的韵律，保持谨慎，这是诗人在向汉语本质的贫乏开战！

我惊讶于诗人有如此罕见的警觉！此警觉，不是诗意的敏感，而是天赋的自证，这是立波毫不缺乏的才能，是一种本质的警觉、觉醒与觉感。对每一个词、每一个意象，乃至于每一个语气词，都保持着警觉，这是诗人要成为先知一般的守夜人的特质。

当代汉诗写作，在经过修辞的卓越练习之后，需要成为一个孤独的沉默的守夜人，成为汉语本质的守夜人，置身于法庭审判的严峻氛围之中，而无可推诿。在这个意义上，立波的写作也是最具有俄罗斯精神气质的写作，在某种"庞然大物"（比如国家、种族、历史等等）的意志与信仰虔敬之间，确立了诗意话语展开的磨难空间，是阿赫玛托娃与布罗茨基的精神合体，但更为具有诗意的修辞尖锐性，尽管在语言的质感与凝缩方法上根本不同，但"决绝的技艺"却彼此相通。

这也体现为《否定句式》的自觉，比如："我们被告知，眼泪的修正液已经过期"；语句之为语句也已经是"碎纸机将拆散词语的稳定结构"；句法之为句法接受虚无的虚掷，"在虚无的句法中，人称也是一次虚掷"；带着共同体的永恒反讽去识别"墓碑上的生僻字"；以及总是迟到的觉悟，"苦涩的经验，需要通过迟到的觉悟转化为惊艳／那赴汤蹈火之后的袅娜，为乡愁的一百种口感认证"……

在如此警觉的反省中，美感就让位于错过的猎杀，预觉胜过所有的修辞完整，发觉一行诗里埋伏的诸多漏洞，不断地删除、减缩，以刀锋的精准，让诗歌写作成为一种苦行，乃至于酷刑。这也是为什么我们在立波的诗中读到大量有着肃杀之气的语句，乃至于具有绍兴师爷的侠客意气，请允许我即兴地罗列一些：

失败的行刺；笨重的雕刀；诗中内置的火药；铁锤像一颗疲倦的头颅搁在上面；卷刃；那卷刃的爱；这些激烈搏斗的证据；尖锐的锋刃；盛怒之匕；狂热利刃；自己身上隐现的刀锋；排档醉语如折戟；甲骨文的刑枷；那看不见的刑具；拥有一次斩首……

似乎立波的诗行中隐藏着一把利刃，随时准备出鞘。如此酷烈的场景，为警觉增添了更多悲剧的气氛与凛冽的沉痛，带来声音与舌尖的尖锐痛感，舌尖同时被语法与冰碴所管辖着，冰碴般的语词才是语词的化身。在你的舌尖没有被纠正之前，在你没有与舌头做过艰难的搏斗之前，一切的语句表达都只是优美的口误。《钉痕学》则是无与伦比的杰作，把基督的受难与鲁迅的《复仇》，还有日常的钉入与艺术作品的合法条件，一锤一锤地钉入！这也是为什么立波要明确面对诗中"不洁的部分"的原因，哪怕忍受这种"不洁"无意中构成了中年生活的要义，形成了所谓的"一种不言自明的合法性"，由此面临词语内部的挤压与哗变。立波以个体的当下日常经验，为汉语写出了真正具有灵性维度与宗教性的本质诗意，也是克服时代虚无主义的杰作！

立波的诗并不缺乏修辞的美感，比如他写《短蛇》，所谓"蛇的腰有多长的"虚无修辞反讽，蛇的长度也是诗行的长度，针对无脚的蛇如何形成韵脚的虚无提问，都要接受"虚无"的反复击打，尤其是接受反弹的一击。"反弹"一直是立波的独特诗意动作，比如棉花的反弹，哪怕这是多年之后出现的反弹，如同反绑，都是一种诗艺本质的修正。

因此，我们会在立波的写作中，感受到双重的痛苦：既是个体写作的苦修气质、凛冽的气质，似乎他是当代诗歌中的刀客；但不仅仅是针对现实，还针对诗歌活动本身。很少有中国诗人具有如此罕见的自我要求——对诗歌本身提出本质的要求与责任，这是对汉语使命与责任最为可贵的要求；同时，也是一种语词的修剪术，反复打断与自我折叠，并且反复自我击打，似乎没有语词可以组成语句。这是一种罕见的苛刻，诗歌本身并没有天然的合法性，它必须被置于"刀锋"的光芒下，或者末世的审判下，修辞、自恋，甚至个体的苦涩，都没有想当然的存在合理性。

如同《昆虫公墓》一诗所写的：

终其一生，昆虫无法穿越脆薄的厚度
那近在咫尺的风景，嵌入知觉攥紧的碎片
来自虚无的一个反弹
反过来否定虚无的形式。它们以反复的痛击
确认地狱的边界，那失灵的弹簧
噼噼啪啪钉向自己的箭镞
但那不是语言的边界，更不是
自我的边界，它们的目标只是为了确认
它们曾经效忠于虚无
而最终，它们只是为死亡而工作

——我没有阅读过汉语诗歌中有比这首更为接近"虚无性"本质的写作与自身击打的文本，甚至连地狱的边界也不可能因为被确认而得以安宁，必须反复去击打那虚无，在痛苦中使虚无无法自持，只能保持碎片的痉挛与战栗；不允许任何的妥协与麻醉，不允许语言在某种边界与习惯中自我陶醉，因此哪怕是失灵的弹簧，"也要噼噼啪啪钉向自己的箭镞"。这是最为困难的写作：看似效忠于虚无，但其实只是为死亡而工作，但也并不屈服于死亡，而是保持"虚无的一个反弹"！

我们可以在这首关于虚无本质的诗文本中，看到虚无如何展开自身，但这虚无又无法保持自身，这是让虚无去否定虚无，虚无也没有边界，虚无因此也不是虚无，虚无不是死亡，死亡也不是虚无，语句如此反复自我击打，让"虚无"获得了一次"从无发生"的反弹！这是了不起的击打虚无的诗艺！

我在当代汉语诗歌写作中，很少见到如此自我击打的诗写作，这是一种个体的文本行动，一种针对诗人本身的自律，不是道德，而是一种生命的修行。诗歌写作对于语词与感觉的准确相遇，已经不可能形成意象，拒绝顺滑与恰当，而是肯定连接的不可能性。如同利奥塔在奥斯维辛大屠杀之后，认为语段与语段之间不可能形成符合游戏规则的连接，而是有着歧义与争议。因此，诗人必须在一个语句与另一个语句之间，形成打断，这不是浪漫派的反讽与片断，而是一种诗性伦理的反省与自责，如同诗人写到那"剔尽的兔头"在反向凝视中，以其空洞的眼窝逼视我，迫使我完成我的忏悔。尽管这也只是一次仓促的泪水，但这自责的警觉与觉醒，既是来自现实的不公正，也是来自汉语丧失了存在的尊严，因为语词的脱臼从未真正复位，诗人只能保持"凛冽"的痉挛——"霜柱紧紧簇拥的时刻"。读到诗人的《凛冽前传》，我才理解了立波兄的精神气质。

这是诗人要在孤独的守夜中，把自己变成一个"供奉于祠内的诗人"，这个中国古典的诗人与魂魄守护者的形象，其实就已经带有了西方先知守夜人形象的诗意回归：

意味着，写诗就是考古
重新出土的锈脸与钩嘴，向我索要
卡在现代性里的一声鸟语，抑或如这位
被供奉于祠内的诗人（擅长撰写碑文的县令
熟悉刑具如孤诣诗中平仄与陡峻的酷吏）
一不小心，就把诗写成了祈雨词
在烈日的烤炙中，投身于一场虚构的滂沱
一种激进的诗学始终诱惑着我们
像他那样纵身一跃，被一口枯井所收留

这是对时代沉痛与人性苦难的语言升华，既日常又诗意，既沉痛又凛冽！因为他要同时表达孤诣的平仄与酷吏的陡峻，此激进的诗学对诗人提出了至高的要求，这是以生命的坚韧去守护那虚构的滂沱，守夜人必须进入无限觉醒的深沉与深渊。

但守护此诗意枯井的决绝勇气，却来自我们这个民族所处的时代精神与处身情调——这就是无尽的沮丧与悲观。但也许只有诗人可以为我们的时代彻底保持此受挫的悲观，在无解之解中，却从不幻想胜利！
不是吗？这不是谁曾说过坚持就是一切！

就让我以这首《饶舌者语录》来结束，由此传达
我对诗人的致敬，也但愿我写下的这些评论依然保留
了诗性的本质悲观，只有无法化解的悲观才是诗艺的
至善，不让我们挚爱的汉语蒙羞：

> 我不能确定，诗中捕获的事物，究竟来自词典
> 还是一个更真实的世界，并在这种无解中
> 深陷沮丧和悲观。或许拯救我的
> 恰恰是这种沮丧和悲观，它们一次次阻止我
> 试图对这个世界作出阐释的冲动

目录

本质之书

忧郁的山羊，被雕刻成沉思者的形象

那固定在一面峭壁上的凝视将我们钉入祭坛

鼹鼠从地洞里探出身，支起耳朵

以一根天线，捕捉变暖的地气，农历的脚步

麂子谨慎地远远观望，它身上的一道伤疤

仿佛随时准备扑向那管饥饿的猎枪

这些遍布山野的兽类，像更忠实的读者

等待着被邀请到我们中间来

它们驳杂的胃口，可能更适合未驯化的美学

而构成书架的每一块木板还在树身中

躲避刀斧的追缉，闪亮的锯齿像幼兽的乳牙

在陌生的墨线上犹豫。松明允诺的

一小块空间，收留阅读之夜摇曳的剪影

新月惯于剪径格律，而新诗洗心革面只为挣脱

一副铐住湖水的刑枷，当然它还须面对

家家户户隆隆织机拆除后虚无之梭的空转

印刷机也在空转，因为本质之书尚未写成

2021 年 6 月 2 日

蝉鸣课

一件滚烫的乐器从未被归还

黏稠的记忆，像一个无法执行的遗嘱

蝉鸣如此漫长，以至有一种幻觉

我们仿佛从未从这门热门的课程中毕业

2021 年 6 月 27 日
2022 年 4 月 6 日
2023 年 7 月 11 日

致贾科梅蒂，或 1/4 秒的鹤 [①]

白天创作的作品，到晚上悉数销毁掉

把一手推车雕塑品，倒进塞纳河

他乐此不疲，执着于一种深深的挫败感

对他来说，雕塑既不增加，也不减少

茎秆顶端的头颅来不及斩去

过于细长的腿适合永恒的行走

绿斑，坑洼，人性中无法清除的锈带

在无限的节省中，接近存在的本质，或者说

是一种"非存在"：那些比火柴更瘦的人

也比火柴更寒冷。一门枯燥的技艺

配得上寒冷的命运，就像这个冬天

壁炉里火光熊熊，水壶的蒸汽反复掀动壶盖

有人在山上，靠劈木柴挨过漫长时光

潮湿的青檀木，需要暂时退到一边

像一次罚站，接受炉灰的惩戒

直到火柱变幻出鹤的形状，1/4 秒的鹤

仍然是鹤，从一本诗集里跃出。这不奇怪

---

① 张恨年有摄影作品《1/4 秒的鹤》。

诗就是幻象，一只焚化的鹤仍在飞

一只煮熟的野兔在雪地上掠过

一行蹄印新鲜得就像是前一秒刚刚踩出

但它不负责留白，它不可能被任何一个词

所捕获。真希望有那么一天

茶园布设的铁夹子会失去耐心

椅子自己走出书店，书架上的书互换位置

我们像两颗土豆，在火焰中蓦然重逢

2024 年 1 月 28 日
2024 年 2 月 16 日

火山口咖啡馆

计程车导航仪上，火山口咖啡频抛媚眼
扑鼻的硫黄味，加载关于地狱的全部想象
冷却是暂时的，一个快速倒带的宇宙
将一座火山端到你的面前，像杯垫上那杯
微微颤抖的美式咖啡，而真正的火山
在你的身体里休眠，但它随时准备着醒来

尽管每一位游客都没有准备好
这样一个无法躲避的瞬间。续杯
也许是免费的，但出于礼貌，你有必要
为生命中偶然的激情和冲动支付小费
在银质汤匙叩击杯壁的声音中，你忍不住想象
这浓黑的汁液是用火山灰调制而成

出口处小贩们在大声吆喝，兜售
形状各异的火山石，那些曾经滚烫的
喷涌的记忆，来自史前的压强
无意中被我们等分。我背回的两块石头

在双肩包里冷得瑟瑟发抖，一路上我听得到

它们彼此的摩擦，像一次遭禁止的拥抱

2023 年 2 月 12 日

晚期风格　与友人探访黄公望隐居地

头顶一只不知名的山雀叫得响亮

而让我惊心的是更远处那一只，若有若无

在断断续续中连贯起古今的上下文

山居图烧毁后留下的大片空白

文本陡然断裂，枯笔负责交代一个嶙峋

看得见院子里满树瘦小的火柿

但主人闭门杜客，我们只有远远地看几眼

一种不可获取的晚期风格有霜的落款

那漫长的刑期，甚至山水都不可能

愈合新鲜如初的鞭痕

歧义即歧路，因此我关心的是

未走的那条路，和没有画出的那个人

野鸭的另一种画法更让我着迷

用竹竿打下的沙梨有一种陌生口感

像一种地方性经验为我们的舌头纠偏

用必要的苦涩，抵制水墨所携带的甜

而在泉水消失的地方，密林深处

我听得到烂熟的柿子砰然坠地的声音

记得当时我们刚谈到了张枣，蜗牛的徐缓篇

那颅后的犄角、天线，叹无穷的植物性

或许只有他有资格说，"我写不下去了"

如同秋风吹凉的枝头理解累累果实的厌倦

2020 年 9 月 30 日

昆虫公墓

客厅宽大的玻璃窗下，一长排
各种昆虫的尸体：苍蝇，叶蝉，金龟，蝴蝶
还有更多不知名的小飞虫，像一个战壕
或者不断扩大的公墓
每隔几天，我都要清扫一次
复眼，触角，幻肢，真理的不同变体
拥有同一场永远不会到来的葬礼
这些无法编码的死者，以固执的撞击
测试玻璃的透明，疼痛，和一种无条件的信任
悲剧曾经是液态的，而在瞬间的冷却后
它以一种固态的喜剧出现
眼泪凝冻而成的幻象与宗教，诱捕更多信徒
终其一生，昆虫无法穿越脆薄的厚度
那近在咫尺的风景，嵌入知觉攥紧的碎片
来自虚无的一个反弹
反过来否定虚无的形式。它们以反复的痛击
确认地狱的边界，那失灵的弹簧
噼噼啪啪钉向自己的箭镞
但那不是语言的边界，更不是

自我的边界，它们的目标只是为了确认

它们曾经效忠于虚无

而最终，它们只是为死亡而工作

2021 年 6 月 27 日

肩扛式便携导弹使用指南

舌头，不可能被索多玛的律法赦免

经过转译的词条，已被魔鬼辞典所解雇

三只遭通缉的蓝色画眉，在乐谱的音阶上跳崖

示意图里的国家，像一颗雷区挖出的哑雷

在沉默的等高线上，抑制炸裂的欲望

而砍掉的手指，无法指认洗白的作案现场

细密画①中未及细描的波斯菊，以慵懒花萼

托举一个干渴内陆，如来自黑市的

肩扛式便携导弹，带着一种射程更短的挑衅

2021 年 8 月 18 日

---

① 细密画(miniature)，波斯艺术的重要门类，一种精细刻画的小型绘画。主要用作书籍的插图、封面、扉页，及徽章、盒子、镜框等物件和宝石、象牙首饰上的装饰图案。

新锄使用说明

对于这把新锄来说，西景山的泥土是陌生的

新鲜的刃口像柔嫩的喙，第一次咬住

砖红色土壤，在清晨的阳光下

我几乎产生一种幻觉，一把铁质的锄头

即将拎起脚下这颗孤独的星球

像父亲无数次用锄嘴，挖出饱满的土豆

感谢开五金店的朋友，听说我要去山上种菜

特意送我一把刚刚打制的铁锄

虽然对于早醒的群山，我已迟到，一如

铁锈永远快于铁匠铺里通红的铁

退烧的速度。阶级曾在铁砧上翻身

蚯蚓一次次为土地松绑，这黑暗深处的闪电

翻耕板结的家谱，荆棘册封的骨殖

而当我弯腰，一个必要的仪式

翻涌的铁水正为黎明铸模，这脱胎于

卷刃历史的一次造型，只为挖出

一颗深埋于宇宙的冒汗的土豆

锄柄导出的电流，替死亡节约用词

2022 年 6 月 22 日

悼坂本龙一

原谅我孤陋寡闻，从不知道这个世界上

有坂本龙一这个人，但这不妨碍我

记住他的告诫：每天不要忘记看月亮

像记住每天需要按时服用的药丸

苦，而无用。那被软胶囊包裹的一部分现实

速溶于狂暴的想象与"对想象的迁就"

这个把声音从冰层下钓上来的人

比钓雪的诗人，对水的流速有更彻骨的理解

现在他走了，得到这个死讯，我比别人

晚了好多天，仿佛他弹出的音符

在宇宙中延宕了几个世纪，最终他把声音

还给了这个世界，一颗遥远的白矮星

没有名字，也无人关心它的灭寂

但这仍是一件大事。我希望把他的曲子

再听一遍，当他从琴凳上站起来

掌声如潮，他没有把一个音符弹错，虽然

一架被海啸调校过的钢琴，从不惧怕走音

2023 年 4 月 9 日

颜色扫盲练习

这么红火的树，名字居然叫乌桕树

这不奇怪，就像乌鸦也曾替光明代言

因此你一生都在练习颜色扫盲

有人在冬天放风筝，哪怕没有风

只有一根泥土里纺出的棉线

拽着你，朝烟囱和墓碑的方向奔跑

十字花科植物上的甲虫并不带来救赎

对于虚无，落日的退烧药已经失效

2022 年 12 月 31 日

七夕指南

织机轧轧空转，那根越扯越细的棉线
已断。需要打个结，继续纺，把液晶的欲望
和一声不知何来的叹息，纺进一匹
此生永不可见的布料，两个永不相见的人
被绷紧在光年的两端。仿佛真有一只
青涩的棉铃，刚被摇醒在宇宙深处
而喜鹊也可能是乌鸦，许多时候它们共用
一对用旧的翅膀，方知银河里也有危桥
飞旋的梭子执着于不倦的圆周运动
遭磨损的爱，执着于自我的背叛
就像你和我总是抗拒着来自彼此的引力
传说中那个虚幻的，未经审判的原型
像一只为趋光性饱受折磨的蛾子
梭道上，经线与纬线的互相编织永无休止
一颗发烫的星体渴望用一只木勺畅饮
那被快递的一束微光，像一根针
需要穿过七个针孔，抵达人间
而线头，早已没入幽暗微茫的星丛

我们并不通晓任何一门晦暗的天文学

即便距离被暗中取消，熠熠星斗触手可及

2022 年 8 月 5 日

和女儿一起散步

堤坝天然适合散步，在热爱黑暗的人群中
我白天的赞美显然得到了庇护
一切恍如昨日，但一切几乎都已被改变
"无条件地属于这里"，这曾是生活的最高信念
而现在，一只风筝只在允许的范围之内
松开自己，就像鸟的脚趾松开攥紧的黑色枝条
我们经过了一座危桥，那里正在封闭施工
像一次彩虹的休假，有着不真实的
失焦的部分：河蚌默默吐出泥沙
宇宙像一只锈住的小闹钟，永远固定在
某个时间刻度（那就是传说中的永恒吗？）
而记忆，总会允许有一次倒带
把我们退回到那间白雪中的小木屋
就像某一个时刻，我们的手握到了一起
除了堤坝下剡溪流淌的声音，我分明还听到了
你身体里的另一条河流：如此安静
又如此湍急、汹涌。我分明感觉到
是你在拉着我往前走，像拉着一只破旧的皮箱

2014 年 9 月 1 日
2024 年 4 月 9 日

绍兴八字桥

原来一座桥也可以简化到两个笔画，一撇，一捺

就像两支桨的两个动作

把昨天推远，迎来的却是更多的昨天

桥墩上有纤绳的擦痕，它由纤夫肩头勒出的伤疤

远远传递过来，像一个不需要归还的借喻

至今没有在时间中结痂

我站在桥面上，一个圆弧的顶端

辨认那些分岔的道路，像一棵百年老树

分出的枝丫，吴越庞杂语系里若干方言的分支

负责录制那些纷至沓来的历代的脚步

仿佛只要一按下播放键，无数陌生的脚步声就会

重新响起，但平仄和韵脚已因快进而被打乱

而事实上，只有我一个人站在

三条河流交汇的地方，接受几股

来自不同方向的力的撕扯

从附近的荒原书店踱步到这里只要两分钟

我突然领悟到，中年的茫然

除了需要在书页里寻找脚注

（那堆得高高的抵住天花板的书籍像是在宣告

是它在苦苦支撑行将坍塌的世界）

也不妨到桥上接受倒影和桨声的教育

租住在桥头的外省诗人，给我寄来过一盒

家乡的柿饼，那被压缩的火焰

足以在我的舌尖上煮沸一座液态的古城

我惊讶于那些涌来的波纹从未在这里打成死结

鱼鳞般的瓦片从未完整地转述雨水的生平

无独有偶，桥的复数，意味着桥可以分娩更多的桥

立体的孤独，也可以在形式的内部求偶

2020 年 9 月 17 日

东山访谢安墓遇孔雀 与沈苇同游，以同题和之

墓道上铺设的砖块是新的，一匹石马

以恭顺的姿态迎接一批不速之客的到来

刹那的静止，浪得一支箭的虚掷

洗屐池里，树木，残碑，一律向下生长

就像所有的攀登，都抵达一朵浮云

在虚无的句法中，人称也是一次虚掷

秋日骄阳蒸熟生僻寺院，肥胖的钟

半天没有撞响，膳房的菜单上，苍老的天萝 ①

只适合圆寂于灶台，用于擦洗狼藉杯盘

一墙之隔，孔雀的孤独无人知晓

它缓慢地踱步，啄食青草，蝗虫和凶猛的

蜈蚣，而无暇整理凌乱的羽毛

脑袋上高高顶起的，一顶尖形的羽冠

在鹤与鹅之外，也不妨养一只孔雀

如同在虚构与写实之间，缓存一段踯躅

华贵身世裹紧一颗高傲的心，墓碑上

的生僻字，从来不愿被凡夫俗子认读

———————

① 天萝，浙东嵊州乡村称丝瓜为天萝。

就像孔雀远远地躲避着，不屑于和我交谈
"世界是由死者组成的"，在这个意义上
孔雀有理由只为祖传的绝望与红斑狼疮而开屏
这尘世中漂浮的"宇宙打开的地图"①
而失传的谢公屐，还在青云梯上奋力攀登

2022 年 10 月 3 日

---

① "世界是由死者组成的"，"宇宙打开的地图"，语出美国小说家
弗兰纳里·奥康纳，三十九岁时她死于家族遗传性的红斑狼疮，曾在养病
期间饲养一百多只孔雀。

海盐腔 ① 研究

来得太迟，没有听到海盐腔，我只在博物馆的

陈列柜里，见到过一本《海盐腔研究》

简陋的打印刊物，像一个匆促装订的大海

用一种濒危的声音发出呼救，隔着玻璃

节能灯让前朝旧腔还魂，褪色的油墨

显影一张模糊的脸，这如此俊美的脸谱

一定曾被我们借用过，一如大海的动荡

和苦闷，曾被我们说出。"一字之长"，长过

一生，长过虚构的长亭短亭，任慢板婉折

春风之软，一个袅袅余音，一串失传的剧目

戛然于陌生的夹白，这似曾相识的乡音

这漫长的告别，狂暴鼓面上跳出的那颗心！

我们曾精通音律，如今早已听力衰残

打开的乐谱像一对蝴蝶的翅膀，在时间中

訇然合拢。它太薄，太轻，以至抛弃了

---

① 海盐腔是一种传统戏曲声腔，因形成于明代成化年间的浙江海盐而得名。海盐腔在发展过程中，对弋阳腔、昆山腔的演变起到了一定的影响，至明万历年以后日趋衰落而渐绝迹。

必要的形式，作为一个研究对象，海盐腔

如宇宙深处的电波，只被水袖的一个翩然捕获

2022 年 7 月 2 日

饶舌者语录

我已习惯在写作时不去惊扰词典里那些

沉睡的词，习惯它们在书架顶端假寐

鸟在飞翔，而翅膀折叠在词典里

我不能确定，诗中捕获的事物，究竟来自词典

还是一个更真实的世界，并在这种无解中

深陷沮丧和悲观。或许拯救我的

恰恰是这种沮丧和悲观，它们一次次阻止我

试图对这个世界作出阐释的冲动

有一天，收废品的人会带走这些词典

碎纸机将拆散词语的稳定结构

饶舌者不得不用假牙，去咀嚼坚硬的格言

2023 年 5 月 28 日
2023 年 6 月 21 日

春风来鸿

对窗外那个世界的渴望与凝视，人和猫

终于扯平，两道视线构成一个夹角

像一枚别针别住语焉不详的沉默

春风的密接者，有义务为病毒携带的谎言辟谣

好在我们还可以在逼仄天空的防范区

饲养一朵云，瞬息之间它的形体不停变幻

狮子，老虎，绵羊，河马，大象

它不可能向这个重力法则统治的浮世

轻易交出速溶的本体，那比猫更轻

更难以把握的肉身，斑斓皮毛下

安静咆哮的灵魂，背负我们秘而不宣的

几吨重的泪水，不断推延的地平线

因此我们还必须坚持和自己身上那种

轻而无用的东西搏斗，那死亡不能说服的

顽强的缥缈，不是被一缕春风吹绿

而是二维码扫描后传来的，那一声"嘀"

2022 年 3 月 26 日

025

殡仪馆里的鸟鸣

殡仪馆里的鸟鸣与别处应该没什么不同
它仍然圆润，但在鸟喙与一个圆环相切的地方
一个缺口被暗中啄开。树冠仍然圆满
像一座尖碑，将一个渺小的巍峨托举到云端

我只是疑惑于这里的鸟鸣并不密集
甚至某个时刻，我只听到一只鸟孤单的啼鸣
音节简单，三声，也可能是四声
一枚尾音被有意拖长，刻录必要的迟缓与空白

更多的鸟沉默。因为除了死者，"没有人拥有
死亡的知识"①。作为一个例外，音韵学遭遇的困难
催促炉膛烈焰的噼啪声，和收捡灰烬的铁铲
片刻的犹豫。或许鸟类，也负有替死者保守秘密的义务

当然，更大的困难在于，这里的鸟还必须抵制
对于永恒的夸饰，对轻佻的韵律保持谨慎

———————————

　① 柏拉图语。

并在亲人的哀泣响起时，负责纠正

过于高亢的部分——用圆环上一条新鲜的切线

2021 年 6 月 21 日

钉痕学

"你是怎样把每一个钉子都钉歪的？"[1]
对此最有发言权的或许是一幅沉默的肖像
他躲在墙角的阴影里自己欣赏自己
因生平不详，他可以生活在任何一个时代
钉子不总是垂直于墙壁，很多时候
钉子钉住的是壁虎的一条尾巴，尽管壁虎
早就不知所终，只留下他在那里
面壁思过，这高明的逃遁术，不同于
蝴蝶的还魂，也有别于甲虫的变形
歪打正着乃是唯一的秘诀。而钉一幅画
和钉一个人，往往被我们混为一谈
人身上流出的血最终凝冻为冷硬的颜料
刽子手不会把钉子钉歪，他总是可以
把每一枚钉子准确地钉入一个人的
手掌和脚跟，像钉一件稀世珍品
没有人知道那钉痕，至今尚未在我们身上
获得愈合，如同无人知晓，每个人都是

---

[1] 画家胡梦梦语。

一枚钉子，被一寸一寸钉入那无罪的身体

当你把一幅画挂上美术馆的墙壁

每一枚钉子，都带着各自的锋利和无辜

2023 年 4 月 2 日

请教一只树洞里的青蛙

从树洞看到的天空，与从别处看到的天空

究竟有什么不同？这你得去问树洞

或者请教树洞里静静蹲伏的一只青蛙

这棵树龄 820 年的香樟，在植物学意义上

早就死亡，只留下枯干的躯壳，苍老的树皮

像一口干涸的水井，无法被离乡的人背走

事实上天空只适合在井中观看

我只适合做那只井底的青蛙，母亲的水桶

上上下下，反复碰响沉默的井壁

骑桶的天使始终没有带来天上的消息

我愿意是那个被淤泥层层包裹的人，光线

像太阳抛下的一根井绳，将我反复打捞

我是我无法触及的深渊，当一部苹果 iPhone 13

探入树洞，这意味着放弃焦距里的偏见

你必须放弃辽阔，而只执着于一片

狭义的天空，一张干枯的蛙皮，一个

只能在一次次回望中不断缩小的故乡

2022 年 4 月 3 日

美术馆里的蛇

美术馆里养蛇，这绝对是个好主意

堪比水缸里养月亮，一堆荒凉、干旱的岩石

因此可以获得一个仰泳的姿势

我想起勒内·夏尔的一首诗：《祝蛇健康》

这些不被祝福的蛇，即将来到美术馆的

一个废料仓库，它们终于可以

不再用肚皮行走，我想象它们在黑暗中

像一支支变软的颜料管，一根遭咒诅的绳子

像一条导火索，引燃一幅幅被钉在

水泥墙壁上的古典画作，那痛苦的根源

找到了古典的形式：蛇是撒谎者

它许诺给我们幸福，又让我们终生劳作

这意味着绘画也是一种撒谎的形式

爱亦如此。尽管这种形式已经被更动人的言辞

和野心，而弯曲成炫目的"现代风格"

因此也更加蛊惑人心，那些燃烧的颜料

最终将焚毁坼裂的眼眶般空洞的画框

但我仍然要说：祝蛇幸福

那被描绘，却永远无法定义的幸福

蛇终将获释，再次游走人间，趁神还没有出生

或如子曰：二维码里有全部的幸福

2023 年 5 月 3 日

梦遗录

仿真壁炉的不灭之火，让我置身于某种

虚幻的信念，仿佛它可以烤焦一只

刚从地窖里出逃的老鼠，千篇一律的摇曳

像一种贫瘠的美学乞灵于盲目的热情

饥饿的火钳曾咬紧炭火，和一只漆黑的土豆

门环上的铜锈逼真显微镜下妖娆毒株

这种隐微的书写动用了蒸熟茶园的雾气

犹如我曾无数次顺着梯子，偷偷爬上空中楼阁

这永恒的悬置，让我坐在一块飞毯上

漂浮于陌生的蔚蓝，为陌生的引力加速

一只松木打制的箱子永远在那里安静等待

樟脑的香气像一个秘密的敌台蛊惑我

里面放置衣服，也暗藏书籍，每翻开一层

仿佛都有一个新的禁忌：《荡寇志》

压着《水浒传》，《红岩》压着《青春之歌》

而压在箱底的，一块无名无姓的顽石

刚在一场未醒的白日梦里，经历第一次梦遗

2022 年 6 月 1 日

去越剧小镇

车窗外"出售墓碑"的牌子一闪而过
并且被我迅速遗忘，这些确实暂时与我无关
甚至有些遥远，账单上的数字尚无须支付
我的名字，还不需要用刀子，刻凿进
这过于沉重的石头。太阳热烈，草木蓬勃
我们一路讨论着另外一些话题，比如
侏罗纪恐龙巨齿，如何攫食感官里的葳蕤
小径拐弯处，宾语的位置暂时空着
偶尔争吵，也不会惊动电线上一行麻雀
两只蝴蝶，再怎么交缠，都押不上
死亡的韵脚，因为它们本就是一只
主体与客体的短暂分裂，又在瞬间刺绣为
同一幅斑斓地图。小镇在不远处
誓言不远，鹤的脖颈演算不可能的几何
山清水秀，也可能处处埋伏绝境
院子里的鸡冠花有多色情，戏子的生平
有多险峻，爱的宣告也就有多惊艳
因此成功的唯一秘诀就是走进雕像
水袖在飘，砍掉的头颅和明月一起高悬

织机厂拆迁户的弟弟在京城苦读神学

十八相送，荆棘的挽留虚情假意

蝴蝶打的一个结，百年后仍未解开

而一生太长，只够准备一篇潦草碑文

但何妨去"云想"戏服店租一套戏服

沿途葱茏，同时为我们提供草药和硫黄

正如鸟提供鸟鸣，胡琴带来身世和唱腔

胡兰成或王金发。炖烂的鸟骨，喂养诸多

小诗人，历史诗学，需加入若干抒情防腐剂

2023 年 6 月 16 日

"Y" 形鱼刺

此刻，它安静地躺在胃镜室医生的桌子上
我惊讶于它的小，它的柔软。一枚"Y"形鱼刺
带着恶作剧般的嘲弄，或许还有那么
一丁点无辜，以分叉模拟一个胜利者的傲慢

它深谙我的贪婪，那饕餮中的诱惑
不可饶恕的侥幸和冒险。它似乎在宣示
一种义务：对一扇声门的扼守，一次反义
它完美地隐身于一块鲜美的鱼肉
依次经过舌尖，牙齿，舌根，喉管
从螺旋 CT 胶片上看，最终它进入了食道
像一支凶猛的鱼叉，完成一次投掷

它卡在那个位置。在异物钳能够探及的
更远的地方，它成为一个"异物"
那异于自身的尖锐：一种必要的异物感

在一个刺点上，我寻找那根隐秘的刺
这里面包含了一种深刻的悖论：

我咽下它，又挖出它，像一种古老的
咒语或惩罚，一种不能轻易软化的立场
最终，借助胃镜，它被一把手术钳
夹住，像一个不合时宜的词被剔除

2022 年 12 月 3 日
2022 年 12 月 5 日

虚无的加冕

你说，你讨厌讲述国界。我能够想象

说这句话时，一张古老的地图

正把自己卷起来，变成一只单筒望远镜

只用于眺望遥远的银河，一颗迷惘燃烧的星体

诗也一样。诗人因此被委以重任，随身携带

一块移动的界碑。身体是另一张地图

它的边界，随时有待被重新勘探与测绘

蝴蝶也是。等你想要从它的体内逃离

才发觉已太迟，每个人都被命运巧妙对折过

也就是说，你必须对称于一个

完全陌生的自己。这样，你才可以

重新开始讲述，一个抹去国界的新的国度

你像一个没有国土的国王，等待着虚无的加冕

2023 年 4 月 17 日

阴影答疑

在医院大楼阴影里，努力辨认几种植物

柳树，云杉，玉兰，茶花，金钱松

我发照片请教朋友们，曲曲说

左边那棵应该是无患子，别名肥皂树

这就像一个诗人，也可能有一个俗气的名字

更多的是枯草，在时间中隐姓埋名

年迈的太阳，在冬日午后移动得如此迅捷

我们不得不跟随着一次次挪移

以追逐最后一块阳光，我能感觉到

它金黄的爪子踩过我头顶时那一瞬间

锐利的抓取，这里的植物也在过冬

区别在于，喂养它们的不是阳光和雨水

而是细菌和暗疾，逃逸的毒株

这里的鸟鸣与别处也不会有什么不同

只不过每一个音节，都用消毒水擦洗过

这里说出的爱，像体检报告单上的医学用词

总是在不确定中保持某种迟疑和谨慎

2023 年 1 月 7 日

天台上的猫头鹰

据说猫头鹰能够治疗偏头痛

我对此类臆测表示怀疑，我只知道

在我入睡的时候，它还在深夜里醒着

像是有一笔财宝需要替我们看管

黑暗中睁大的眼珠，犹如密码箱的

两个旋钮，或许只有头颅深处

一串最隐秘的密码才能让它转动

我在白天见过它，在寂寥的天台上

一只笼子里，保持着奇异的安静

像一件失传的旧乐器，无人演奏

而整整一个晚上，我没有听到

猫头鹰的啼鸣，我不由得在醒来后

暗自悲伤，继而安慰自己

或许这个粗鲁的世界，真的已不再需要

那一阵固执地按响的，礼貌的门铃

它已经原谅我一直以来的偏执

警惕的父亲准备放弃偏见

我也已经治好那二分之一的头痛

黑夜的女儿，在黎明散发处方的清香

2022 年 5 月 20 日
2023 年 2 月 26 日

到底有几个摩尔 [1]

书架上摩尔的两本诗集，恰好被放到了一起

这并非我有意安排，而是纯粹出于偶然

我好奇于逃离了母语之后的两个摩尔

在一种完全陌生的语言中，会发生一场

怎样的交谈？她们是不是都有权宣称

代表摩尔本人在说话？这无法确定。我只能

在两本诗集里找到同一首诗，比较它们

各自的译法，不同的语序，用词，断句

有时甚至指向完全相反的意义，比如"桨刃"

划动的"水蜘蛛之脚"，把我们带往

一片未知的水域。这让我有理由怀疑

这到底是不是同一首诗，我甚至觉得那是

两个摩尔在闹别扭，尽管她们都在忍受

"在外语里变丑的样子"，但我不可能成为

她们之间的调停人。作为一名读者

---

[1] 摩尔，玛丽安·摩尔，美国著名现代派诗人，中译本诗集主要有《玛丽安·摩尔诗全集》(陈东飚译)和《观察：玛丽安·摩尔诗集》(明迪译)。《塔顶修理工》为其代表作之一。引号内文字分别出自摩尔、朱朱、波德莱尔、张枣。

我不得不忍受在两个译本之间左右为难

（莫非我就是波德莱尔曾指控的"虚伪的读者"）

当然，读者也可能是作者，一种大胆的僭越

按照更极端的说法，"阅读就是谋杀"

因此我愿意承认，我其实是在吁请

第三个摩尔的来临，那个只与闪电交谈的

塔顶修理工。而词语的酸性擦去的斑点

总是在为翻译辩护，如同所谓翻译

就是忍受原作的嘲讽，一种不可能的忠诚

2021 年 6 月 28 日

傍晚散步

晚饭后散步，往往已经天黑，只能见到两边群山

巨兽般蹲伏，默不作声，甚至山冈上的信号塔

也已不再接受信号，包括那些蜂拥而来的，

关于死亡与春天的谣言。溪水匆忙，在黑暗中

听起来比现实抽过来的耳光更响亮。乡村公路上，

蝙蝠在避让，车辙撤回确信的里程，犬吠

拓印空旷里潜伏的危险。路边几块墓碑兀立，

我看不清上面的文字，但我知道不可能有墓志铭，

甚至省略了必要的籍贯、生卒年和立碑者名字，

这冷僻的文体把我们隔离于悼念者的行列，

似乎凡夫俗子只需草木的铭记。但我仍然提醒自己

放慢脚步，压低声音，因为真正的训诫来自潦草的藤蔓

和被冷落的幽灵。而往往是这样的时刻，是他——

九岁的男孩，在一架飞机远去之后，准确地辨认出

头顶的北斗七星，这晦暗星系中夺目的存在。

也正是这样的时刻，迷途的信号塔被他从雾中捕捉，

一只干渴的木勺弯下腰来，俯饮到身边这条无名小溪。

2020 年 2 月 18 日

儿童节纪事

儿童节前，看到哑石兄留言："又快到了。"
主语的省略，削尖雨水擦洗过的碑尖
卷笔机吐出石墨、黏土和微苦的
柏油，年轻的胆汁，自行车生锈的铃声
与捕蝇纸上的薄翅谐振于同一个音阶
孩子在迅速长大，玩具坦克被冷落在墙角
已很多年，倒带的记忆惊醒洞穴里
倒挂的蝙蝠，遗忘的咒语像变异的病毒
找到了新的宿主，一群尖叫着
掠过你身边的新时代哪吒，自由轮滑
以一种新的晕眩，轮回于历史虚构的冰面
他们挥舞着模拟旗帜的碎布条
冲向炙热的街头，小书桌上的仙人球
刚学会举着嫩刺向我们示威
鱼缸里的金鱼，隔着玻璃凝视世界
而雪白的田字本上，词语最初的暴动
被一块橡皮擦去，像一个不存在的节日

2022 年 6 月 1 日

立春纪事

枯枝上毕剥一声绽出的幼芽仍有一阵哆嗦

红通通鸭掌一日三次，按时为薄冰下溪水测温

或许应该庆幸，垃圾清运车的悠扬乐曲

带领你加入一场提早到来的庆典，而电话里

母亲在为一堆送来的蔬菜发愁。白鹭

在安全距离之外，保持对人间的足够警戒

躲过除夕供桌的鲤鱼，未能熬过凛冽春寒

"纯洁棉签忙于提取喉头爆破音"

女村官办公室忙乱的打印机，缓缓吐出

我的一页诗稿，那未及修改的一行

有着因碳墨不足而略显模糊、暧昧的正义

2021 年 2 月 4 日 立春

存在夜谈

《存在》曾经是一本诗刊（主编已不在人世）
"存在"曾经也是一个哲学命题，而现在
它化身为一家书店，隐身于小区居民楼底层
这奇诡的变形记，甲虫以它的"不在"
而无处不在。这就像我，找到了这家书店①
但无疑，"存在"仍在不可知的某处缄默
一根潮湿的枝条，在浓雾中闪亮
很可能是第一次，滴滴车司机在导航仪上
让"存在"变成了一个可以索引的目的地
我们不可能一坐下来就谈论"存在"
事实上"存在"无法被谈论，我们甚至
压根儿没说到"存在"，因为它不在
没有读者的书店：雨滴清脆，"存在"轰鸣
夜色清点码洋。曾经的派出所实习生
前先锋店员，无论身份如何互换
都无法摆脱一个小写的"k"，就像"存在"
始终是匿名的。在我们的交谈中

---

　　① 指存在书店，位于重庆九龙坡百科大厦。店主卡卡，毕业于中国人民公安大学侦查系，形貌酷肖卡夫卡。

白涛茶苦得晦涩，杏仁饼干深谙诗歌之甜

一只猫穿梭于书架间，团涌更多的雾

它缥缈，渊博，饱尝知识的饥饿

又倏忽不见，似乎只有它，有资格侦查

存在的奥秘，并在一种互文中，虚构我们

2023 年 4 月 26 日

四棵树 ① 索引

I

四棵树不像我们：不速之客，轻佻的冒失鬼
它们是这里的原住民，两棵香樟
一棵水杉，一棵槐树，聚拢成一个祭坛
一个最小单位的团契。所以不是我们
在邀请它们，加入我们的交谈
而是四棵树邀请了我们，它们使用
麻雀的语言，松鼠的语言，青蛙的语言
但不会是人类的任何一种语言
据说秋千上的诗人笑起来有纯真的味道
天空一次次翻卷过来，像恋人房间
刚浆洗过的床单，将降息的激情回忆

II

礼物总是偶数的，我被抛离固定的句式
触及一个无限的顶端，然后沿着
虚拟的轨道，像鸟迅疾撤回自己的影子

---

① 指"四棵树下"乡村民宿，位于上海青浦区岑卜村，旁有二爷庙。

不远处的河埠头，停泊木船和皮划艇
像旧体诗和新诗，在各自的桨声中竞速
我不认识进出岑卜村的路，要命的是
导航有时也束手无策，唯一的办法
就是罔顾苦口婆心的劝告，孤诣于一种
决绝的技艺。唯一可以确认的是
我们已经不可能从二爷庙借到
一把大刀，以劈开捆绑我们的那根链索

III

好在还有一个歉意的郊区，小开本的
《邻笛集》，几个磨损的笛孔，可吹奏
上个世纪的低音。草坪上适宜读诗
像一次祈祷，让我们和词语一起屈膝
我不是松鼠，但在一种不容置疑的友善中
我被投喂，私募的信任无疑胜过奶酪
主人说，至少有三只松鼠是这里的常客
不需要准备，它们在同一个祈使句里攀缘
只需要一个瞬间，让闪电认出自己

踩出的省略号，替我们发明新的迷途

一支不及物的抛物线，折叠出自己的对称轴

2023 年 5 月 21 日
2023 年 5 月 23 日

去高新区的路上

从人社局乘大巴去高新区，中间有一小段

司机走的是一条小路，轻微的颠簸

在手机上震出一串乱码，这不可破译

适度的荒僻，恰好暗合这些做白日梦的诗人

梦同样不可破译，包括梦中掠过的那些

云朵，旗帜，村庄，稻田，栎树

电子元件厂，礼花加工作坊，寿材行

车辙一根筋，孩子们跳的是另一根

橡皮筋，他们甚至跳得比自己要高

这条短短几公里的小路边，我同时遇到

一场婚礼和一场丧事，就像同一根枝条上

喜鹊和乌鸦相安无事，鸟类的立法院

不妨吵翻天，唯生死可让它们达成共识

冷气吹得诗人们昏昏欲睡，无人留意

刚收割过的稻田，新鲜的稻茬上

镰刀细齿的牙印，植物"拥有的一次斩首"①

流水线上，是同一双握过镰刀的手

---

① 蒋静米诗。

熟练地装配着高新区的最新蓝图

那密集、滚烫的芯片，电流疾驰的电路

2022 年 10 月 9 日

2023 年 1 月 8 日

雾都掠影　与陈建、范倍夜游某大学老校区

诡异的是，心想拍下民主湖报告厅匾牌

不料一开始按出的竟是一片空白

（陈建兄轻声嘀咕：莫非这只是一个赝品？）

先贤的雕像不穿校服，与前朝马褂木

赤诚相见，夜色中月亮和路灯

也在肝胆相照，旧日校训交给石鸡背诵

谈及诗歌民刊，主编们不由得心绪复杂

但不到终点岂可轻言放弃。渣滓洞铁窗上

霜花已消融，真朱砂纸上划痕何惧火烧

张枣的沙坪坝，柏桦的歌乐山，而我来得太晚

不见隔岸打炮，唯见"无边落木萧萧下"

两岸缤纷霓虹比假睫毛妖娆，因此踢落叶

仍是本届电影学院学子们的必修课

雾读读，如浓雾中卡宾枪突突扫射

渝盼盼①，似倩幺妹等你火辣辣打望

ABB 格式的叠声词悄然软化硬度和立场

奈何你"想嗲其实脾气又火爆"

---

① 雾读读和渝盼盼，分别为重庆的一家书店与一家餐馆。

若江湖菜垂怜江南的胃，但寡淡新诗
需要灌一肚子辣椒水，老虎凳上
布莱克的老虎鼾声大作，熟睡的涟漪
仍在翻涌，像青春牢狱的温柔镣铐
动词在越狱，不痛不痒的现实何妨
将竹签再钉进一寸，可发出尖叫的却为何
是被诗人处决的形容词？吱吱嘎嘎
上十八层电梯，出轿厢方知是人家一楼
找茶馆我们找到的是麻将馆，三缺一
缺席者仍可以他的不在参与我们的交谈
春天即将消逝，苍蝇像伟大的预言家
报告夏日的来临，它困在两块玻璃之间
以薄翅的振动模拟一场风暴，它用复眼
拍下了一个微型的宇宙，提供我们
痛苦的复数形式，而轻轨已穿楼而过
留下目瞪口呆的我，纪念碑在楼群里
显得有些矮小，它藏起它的碑尖
像一座魔幻的城市，在浓雾中藏起

隐秘的身世，似乎只有这些雾

才是它丰富的遗产，那无处不在的修辞

2023 年 4 月 30 日

在陈亮墓前

指示牌上，一个箭头，酷似你来不及射出的

一枚铁质箭镞，指向绝对的虚无

墓地上空，一朵白云不动，像一只口罩

把我们隔离于两个陌生世界，但侵袭过你的病毒

仍在威胁着我们，那些莫名的癫狂，流言

阴暗的嫉恨，告密，曾终生折磨你热烈的胸腔

所有的愿望都落空了，你甚至没有等来

托友人撰写的墓志铭，这阴郁的散文

本就只适宜交给荒草和蒺藜阅读

千年之后，水泥浇筑的台阶抬升你的高度

而更多荒僻不可与人道，如松柏例行的默哀

被更多涌来的鸟鸣所修剪，烈日的蒸晒

烤熟初夏的地衣，像一个信念执着于

激烈的辩论与否定："盈宇宙者无非物"

但下笔千言，总是离题万里，一个虚无的绝对值

从来不可求解，葱茏草木投下的阴影面积

大于"半个耻臣"，略小于一颗不死的心

2021 年 5 月 17 日

欢潭拾遗

难以想象，这用铁锤砸开的七角形水潭
何以给偶然路过的士兵带来一场狂欢
同样难以想象，数百年后这重构的历史镜面
何以从一种对镜的诗学取回我们真实的脸
章回体的绣像小说，曾绘制我的童年
那众多惊艳的脸谱，并以狂热鼓点赎回
高悬的明月和首级，八千里路，那么多尘土
尘土深处的功名，如今都被传说收缴
诗人灯灯的一副耳机，被潭水收缴，仿佛
这过于清澈的水面，尚有暗流需测听
尚有金戈铁马需回放，尚有国家的河山
与地图，需要在身体上刺青，一种被征用的
修辞，如关闭的兵器博物馆，只在门口
陈列出一半兵器，《说岳全传》里那些英雄的名字
我都忘了，像卷曲、生锈的利刃，执迷于
方志的某个破绽，或一座倾覆的宫殿
游客中心里折纸飞机的顽童，活脱脱像是
我少年时迷恋的小岳云，只是他的手上已没有
两柄八棱梅花锤，那被收缴的文学形象

（莫非铸一块生死免战牌，还缺那几斤废铁？）

烈日下枯焦的荷叶如一颗激烈的心

至今忧愤于恶的凯旋，淤泥糊成的金身

2022 年 8 月 26 日

养孔雀的女孩

一年将尽，孔雀的内脏仍被热病烤炙
养孔雀的女孩最终没有等来开屏
而她目击的唯一一次求偶是在粪堆上
那炫目的色彩，像保险柜里的珠宝
无法为不确定的爱和明天担保
那天早晨醒来，身边的男人已不知所终
好在她早已习惯把告别和背叛混淆
致富信息言之凿凿的承诺，像旧电视机上
哆嗦的雪花，用语焉不详的省略号
带给她耻辱，红斑狼疮和一个二手的梦
孔雀的高傲无人知晓，它永远在
三米之外看着你，以缓慢的踯躅
画出一个最小的囹圄。她最终发现
孔雀无处售卖，就像本质的孤独无人认领
她只能眼睁睁看着它们一只只死去
它们死于祖传的傲慢，死于失传的爱

她没有读过奥康纳，但她领教过孔雀凶猛的

啄食，像一种救赎，需要通过暴力夺取①

2023 年 1 月 1 日

---

① 奥康纳著有长篇小说《暴力夺取》。

团结镇

进入团结镇，首先需要解决的不是分歧

就像有人搜寻《通往自由之路》

找到的却是一本《通往财富自由之路》

团结镇的人们依靠豆粒为左耳扫盲

通过耳塞，窃听到秘密的雷霆

树枝上的乌鸦，为一只挂在竹篮里的猫

念诵祈祷词，打火机爱好者为何每次

总按三下，直到剩下最后一口气

塑料壳上的女郎和虚构的仙鹤一起焚化

浓烈的汽油味，拟态帝国火葬场烟柱

骨头穿上艳丽衣服，在葬礼上跳舞

像党卫军反穿的雨衣①，反义奥斯维辛

一张八十年代的小镇卫生院体温单

夹在书页中间，谵妄的词句仍发着低烧

在团结镇，苍蝇的交媾永无休止

感谢捕蝇纸，团结起我们缓释的痛苦

2023 年 1 月 31 日

2023 年 2 月 30 日

---

① "党卫军反穿的雨衣"出自王寅。

可能恰恰相反

她说她在说性别，没错，这里涉及
一种无法言明的倒置，犹如大厅里的人
在天花板上散步，一棵树被倒栽在
天空中，一团脱掉裤子的云
在湖水里畅泳，当然说的也可能是月亮
尽管她的反面仍然是她自己，斧柄的穿凿
将贯穿莫测的一生，那卷刃的爱
砍伐出一扇扔在地上的窗户，以让
经过错译的光线，照在他们身上
但已经不可能更多，就像采蜜归来
蜜蜂一只只死去，它们死于更丰饶的蜜
那被污染的蜜源，揭示了本质的匮乏
唯一无法反对的是梦，梦中醒来
我仍然是我，是梦所反对的那个世界
但可能恰恰相反，正是微苦的光
我们身上的必死性，折射出那不死的
我们的局部和有限，召唤出那无限的

2023 年 3 月 8 日

蛙声研究

雨刚停歇，青蛙们黑暗中合唱，五线谱上
音符在互相复制，篡改。吸引我的
是池塘角落里那一只，并不嘹亮的鸣叫
时断时续，甚至有那么点心不在焉
莫非它也有过被顶替的遭遇？那换下的泳衣
也许曾被公开冒领。就像一只年迈的青蛙
替另一只青蛙活着，新闻的主角早已白发苍苍
多年前的落日，请交给瘸腿的圆规再画一遍
只是裁开的蛙皮已不可能重新缝上
而当我以为它已入睡，它正重新浮出水面
用苍老的嗓音为自己正名，仿佛它已洞悉
人类的短板和普遍的愚蠢。扑通一声
那是作文在下水，带病的比喻句学习着蛙泳
水壶在厨房里欢唱，那是即将煮熟的青蛙在计算
愤怒的沸点，弯曲的壶嘴那悖缪的曲率
仿佛明天，它就可以从痛哭流涕的班主任那里
领取一枚比月亮还新的，稀泥大学的校徽

2020 年 6 月 26 日

胎教音乐唱片

在他出生之前，我们买了一叠胎教唱片
我的任务是每天一早醒来，负责打开 CD
反反复复，为他播放那些音乐，各种乐器的交谈
我们无从知道他到底听懂了什么
那些神秘的密纹里有没有保存下最初的腹语
只记得有好几次，他在他娘的肚子里
会突然踹上一脚，不知是表示抗议还是兴奋
那飞速旋转的唱片仿佛曾有过片刻的迟疑与停顿

那天在车上，我往车载音响里插入一张唱片
音乐响起，多么熟悉的钢琴曲，原来
竟然是被他从哪个角落找了出来
这张早已被我们遗忘的唱片，当我告诉他
在他出生之前，他就已经听过无数遍这张唱片
我看不到他的表情。他坐在后排座位上
在黑暗中，只是静静地聆听，而没有过多的惊讶

那么专注，那么忘我，像是被一种魔力所捕捉
那由于长久废弃不用而造成的艰难的

转动，甚至大段的空白和沉默

好像他终于重新回到母腹，那一片温暖的羊水

好像他听出了那根黑暗中闪亮的唱针

一只年幼的桨，在记忆波纹中恣肆地划动

一支天真与经验之歌，那些未曾被磨损的部分

2021 年 9 月 23 日

不可描述

城市边缘的一片菜地，黄绿相间，酷似
某个遥远国度新织的国旗，一场激烈的战争
正悄无声息地发生。豌豆苗擎起的触须
像密集天线，正忙于接收来自季节的指令
油菜花的弹药库，拉出太阳灼烫引信
战争的性质不可描述，以致某种暧昧的学说
和模糊的边境线，不得不共用一块胶布
饥饿的甲虫不得不和幽灵军团作战
恶与正义，借丛林哲学家的飞沫缔结古老盟约
在这块乱石堆开垦出来的土地上，除了
常见的蔬菜，更多的是被逼退的蕨类植物
借着春风的唆使，它们正重新包抄过来
从泥浆翻滚的泥盆纪，从恐龙锋利的巨齿
那卷曲的，高高举起的叶片，像一只只
从未进化的拳头，把春天的蒙面之鼓擂响

2022 年 3 月 9 日

彩虹休假计划 为阿什贝利一辩

"据说中国的阿什贝利已经诞生"，恕我孤陋寡闻
但我倾向于保持谨慎，我的白发还不足以
让我提前支取晚年，一个可疑的前缀
意味着对主体的施暴，像危桥在倒影中寻求担保

从小书店淘到的三卷本盗版译本，一直搁在书架顶端
每次将它取下来，更多的不是歉疚，而是
对灰尘的迁就，尽管里面有门牌号码，有哑掉的
门铃，但我习惯于迷路，为晦涩的油量表辩护

他写过超级市场，小推车，壁炉，十字架
有没有写过雾霾？我不敢肯定。但他肯定写过雾
那否定性的存在，拼贴的猫，臃肿的信仰
却奇异地致力于邀请，一壶热气腾腾的咖啡

莫非只有隔着大雾才能辨认他？比如我常常困惑于
该怎样用汉语称呼他：阿什贝利，阿胥伯利，还是
阿斯伯瑞？

或许还必须加一层口罩，为穿越数据的丛林
耐心查验一个词的行程，那一张张试纸里映现的脸

我沮丧于至今未能学到他的"悖论和矛盾修辞"
也肯定没有掌握经验与想象之间的穿墙术
因为彩虹的休假计划尚未结束，猫在凸镜中继续假寐
面对现实的质询，我需要提供一幅未完成的自画像

2021 年 9 月 3 日

素描课 赠南音

扩写练习。文本再生。春天的易容术

眉间距比对眉间尺，舌根收紧词根

孤本链条催生绝版告示，而春雪的超生

快于人类学的雪崩。地方戏中的高腔

允许有小小走调，身份不明的孤儿

曾在虚构的籍贯里迷失。被剥光衣服的石膏体

不识人间料峭，它在素描纸上的投影

允许冷酷的线条，有微弱的颤抖

一滴无法画出的眼泪，允许沉默的炭条

用力噙住未燃尽的灰烬。镜框里的自画像

以"精准的比例"和每一张脸的"唯一性"

对病毒般变异的"自我"发出冷冷嘲讽

2022 年 2 月 23 日

不知春 ^①

从来都是这样，不知道春天早已来过

不知道相对于早春的料峭

幼芽的哆嗦仅仅是一次迟到的测温

雀舌卷起一个清澈元音，它等待着被读出

等待我用味觉里的电流去接通

钨丝上的霜，"那被语法和冰碴管辖的舌尖"

不是谁都能得到这样一份炙热的馈赠

也不是谁都拥有这样一份滚烫的履历

冰与火的变形记，同样需要在足够的沸点上还魂

茶壶里有风暴，正如沉默的壶嘴有话要说

经受过火刑的叶片懂得被爱烧焦的嘴唇

一种共同的渴让它们在嗅辨中相认

从来都是这样，不知道春天早已走远

苦涩的经验，需要通过迟到的觉悟转化为惊艳

那赴汤蹈火之后的袅娜，为乡愁的一百种口感认证

2020 年 8 月 24 日

———————

① 不知春，学名"武夷雀舌"，属于小叶种，系武夷岩茶中香气最佳
的品种之一。

永昌 ① 印象

福利厂生产的雨靴，整齐地立正在架子上

标准化的队列，仿佛刚刚从一条流水线上下来

甚至还带着橡胶过于浓烈的气味

一些脚趾，从一场小镇的细雨中走来

你摇摇晃晃跑过来，打招呼，用力握手

我暗自猜测，你踢飞过多少不请自来的绊脚石

那些被省略的泥泞、水洼，努力从含混的发音中

捕捉"意义"，哪怕意义仅仅是

一次错误的药物配比。或许不需要那么多雨靴

正如液体的江南不需要那么多雨水

但我相信其中必有一双雨靴，经过了你的加工

平仄声中出走的男孩，与一个工号押韵

禅寺在迷雾里隐去苏东坡的名字

老街的铁匠铺大门紧闭，沉默的铁砧上

铁锤像一颗疲倦的头颅搁在上面

喉咙里挖出的口令无人听清

那些溅起的火花，经过一夜冷却

---

① 永昌为杭州富阳一小镇，境内有永昌禅寺，传说苏东坡曾到此访友。诗友应涛在该镇一家生产雨靴的福利厂工作。

终于凝冻为黎明前的天空中颤抖的星星

而我曾经担心，你的电话会像一枚定时炸弹

在夜深人静时炸响，我无意于纠正

一个不合时宜的音节，一次被命运识破的诈降

直到有一天你说起，福利厂的订单越来越少

一个走调的拟声词，面临语法的解雇

这不足为奇，就像你那些糟糕的爱情诗致力于

和舌头的艰难搏斗。经济下行带来的

购买力的疲软，显然也影响到了你

诗的订单，爱情的订单，也只会越来越少

如同失业的钟表匠，守着生锈的发条

停滞的时针和分针，像两只雨靴深陷泥泞

2021 年 8 月 8 日

从唐仁到边村　给劲草和建松

从唐仁到边村，大概仅需要 5 分钟车程，
但我走了 30 年，好像我还在走，至今没有抵达。
那个曾埋首于一碗老南瓜的乡村少年，
终于把诗写到了城里。对此
我们各自变硬的胡须稍持不同意见，
戏台上锣和鼓的争吵在继续，而脸谱教导我们
安于沉默，好在竹签乐意代替我们发言。
仿冒的惊堂木，没有义务为可疑的生活断案，
它甚至拍不醒太师椅上那些打瞌睡的灰尘。
更可怕的是记忆擅自删去了一条溪流，
尽管它的支流早已分布在你们身体的地图上。
同山烧的酒曲，已从蛙泳切换到仰泳，
嘹亮的蛙鸣也跃出池塘为村歌助阵。
长亭排练送别，梅花的身世像古井不见底，
就真实性而言，现实主义的鹤
肯定要输给纸上的鹤。泥牛已入海，
横梁下的牛腿却有资格嘲笑新诗的花拳绣腿，
它曾经，也托起过一座祠堂的托付。
但我记得住的，还是劲草电话里的描述：

开始是樱桃，枇杷，接着是桑葚，
还有桃子和葡萄……仿佛这些都是异乡的姐妹，
她们和两排酒坛一起，随时迎候我的到来。

2020 年 7 月 16 日

空白的教育

夏天的夜晚，晒场上父亲讲故事，讲军队行军
讲到他们过一座桥，总会突然停下来
直到我们等得不耐烦了，问他为什么不讲了
他微闭的眼睛才慢慢睁开。他说，别急
还在过桥呢，千军万马，哪里一下子能过完
蚊虫嗡鸣，蛙声嘹亮，四周一下子安静下来
我的耳畔渐渐响起战马的嘶鸣、响鼻
马蹄铁叩击桥板的声音，甚至桥下的水流
也在湍急中变得清晰可闻，在漫长的等待中
一种省略，迫使我以听觉，以全部的想象去填补
那些需要一再反刍的大片空白和沉默
事实上有好多次，还没等到父亲接着往下讲
我就睡着了。睡梦中，战马嘶鸣，鼻息如雷
一支军队仍然在过桥，这漫长的等待
让我因此认定父亲是一位真正的诗人

他以一种独特的方式，发明出一座不存在的桥

并带给我诗的最高信念：诗人只"为声音而工作"①

2021 年 12 月 5 日

① 出自曼德尔施塔姆《第四散文》，"在俄罗斯只有我为声音而工作"。

闰四月札记

这是多出来的一个月份？这样发问，意味着时间
也拥有了超重的部分，尽管这无法让我获得
更多的拯救。我仍然深陷于迷雾，谛听
客厅挂钟不紧不慢的走动。不像我，时针不用担心
会走到某个尽头，只要拧紧发条，道路就可以
无限伸展。而我只有灰尘、衰老和厌倦，那旷日持久的
谈判，如同一颗残牙，屈从牙科诊所电钻的惩戒
词根在松动，一根寂静磨亮的探针
绕过听觉，借助局部的麻醉，它刺入牙龈
那仍然粉色的肉，抄袭修辞的炎症。看上去我们凭空
多出了一个月份，事实上却是无辜丢失了一个春天
报纸的日期提醒我每一条新闻都在模仿昨天
每一则讣告都是死者向我们发出的邀请
因为本质上时间就是无限的重复，像毒株的复制
激怒我们无名的恐惧。而我仍有细小的喜悦
如窗外的香樟递过来友善的枝条

那些不断推倒的积木，在我的失败之上重建

一个陌生的世界：那从未来奔涌而来的白头少年

2020 年 5 月 30 日

谐剧研究　给胡续冬

给猫咪写过那么多讣告，仿佛这是一种

责无旁贷的义务，天性中的乐观

促使你用某种谐剧 ① 的形式去逐一安顿

那些无法驯服的灵魂，就好像我们每天活在

"人命研究学院"②，为喂养一个严肃的玩笑

你甚至动用了天赋中沉睡的疯狂

海魂衫上，被命运的巨轮压弯的吃水线

甚至警惕的野猫们都来不及嗅辨出

羽毛烧焦的气味，你被一种突然的袭击攫住

如同黑暗中摸索的一个圣诞老人"碰坏了电路"③

而你已经不可能说话，像一个溺水之人

被剥夺呼救的技艺，也无人为你祷告

或者说你祷告的那个对象并不存在

仿佛你决心要去追上那些神勇无畏的猫

———————————

① 谐剧是一种介于曲艺与戏剧之间的艺术样式，流行于四川。演出时只有一名演员出场，通过与实际不存在的对象进行"对话"和交流，使观众明确角色的规定情境和假设在场的其他人物。

② "人命研究学院"，语出蒋天米。胡续冬猝死后的当晚，他在完全不知情的情况下随口蹦出的一个短语。

③ 引自卡洛斯·德鲁蒙德诗《反向圣诞老人》，胡续冬译。

稍纵即逝的幽灵，一道闪电追上另一道闪电时
瞬间的迟疑。这一回，你决心去发明
一种完全陌生的语种，柔软的触须，却有着
不容入侵的凛然，我因此猜测你和猫咪
使用同一种星际语言，没有任何一门外语
可以忠诚于它，没有任何一份讣告
配得上你被略去的生平，在这二流的时代
真理像一种打折的猫食，被用于投喂
话痨后的饥饿，这过早亮出的底牌
遵循了现代主义的做派，类似于一种
"嗜血的加速度"①，即便最后一刻仍不忘调侃
众多供品中山德士上校那一张诡异笑脸

2021 年 8 月 24 日
2021 年 8 月 28 日
2021 年 9 月 1 日

① "嗜血的加速度"为胡续冬诗句。

停电

在小时候的山村，停电是常事，而且
通常不会有通知，也没有预兆，就那么突然
电停了。我记得灯泡熄灭时整个屋子
变黑的那个瞬间，燃烧的钨丝颤抖着冷却
一棵倒栽的闪电形状的树，定格，然后消失
这时往往是晚饭时间，一阵惊叫之后
一家人随即陷入沉默，黑暗中只有筷子
和汤勺，撞击瓷碗的声音。这时候
母亲就会点起墨水瓶改装的油灯，灯芯
从瓶盖中间穿过，幽蓝的灯焰摇曳着
人影投射在墙壁上，有时会有奇怪的变形
一灯如豆，这有限的光明如此固执
这喜极而泣的豆，这悲欣交集的豆
把我们从黑暗中夺回。我在灯影里做作业
稀薄的光线像一种被扣押的财物，许多年后
仍没有归还，甚至直到现在，我仍习惯于
接受黑暗的庇护，而对过于耀眼的光明
保持某种警惕，就像在漫长的等待之后
电突然来了，那刺入虹膜的光束带给我的

那种短暂的失明。而我记得棉线浸入煤油的
另一端，那贪婪地汲取，灯焰上
那寂静的舞蹈，以及寂静中盛开的一灯如豆

2021 年 9 月 30 日
2021 年 10 月 1 日

寒露

一张叶子擦过我的肩头，然后"嗒"的一声

落在脚下的水泥地上，我清晰地听到了

这一声"嗒"，那从报纸头版的喧嚣

和早高峰的分贝、尾气中过滤出来的

金属的音质，而更能取悦我们的耳朵的

可能是某场庆典之后，腆着肚子的大红气球

争先恐后的饱嗝声。虚构的冰雕在融化

历史往往包含一种反噬，锋刃的寒光最终

由我们构成，就像一出戏，生旦净丑

总有一个角色适合你。众多未来，或者说

众多地狱 ①，总有一处随时恭迎你的造访

但更加固执的，仍是那一声"嗒"，如此清晰

不容置疑，比一滴露水更倾向于肯定

像一块磁铁，将铁屑般四散的听觉吸纳到一起

并让不断疯狂加速的世界锚定于这一秒

它迫使我们去获得一种时间的透视法

以便看清众多叶脉中暗藏的湍流和歧路

---

① "众多未来"为美国诗人乔丽·格雷厄姆诗集名，"众多地狱"为宋琳诗的题目。

那一声"嗒"，在声音的取消与光的滤析之中
像钟锤的撞击，它吁请我们聆听，因为
"光就在被你阅读的它自身的缺席之中"①

2021 年 10 月 8 日

---

① 语出埃德蒙·雅贝斯文集《问题之书》。

端午纪事

板凳接龙宏大叙事，针孔可窥鬼魅人间
有人趁假日发奋读诗，所见无非老掉牙安康
以讹传讹已是一种修辞，它替我们发明出镜子里
另一个自己，那白发与假牙的互文

无非更多苦雨，雨水中隐隐萌发的旧疾与新芽
门环吐露铜绿花蕊，如嘶嘶闪射岔路的熠熠蛇信
辽阔故国的苦闷南方，一只白鹭贴着江水
练习超低空飞行，像一次失败的行刺

朋友圈里端午之诗乌泱泱如乌鸦军团
压向失守的郢都。白鹭朝向低处的一个回旋
却无法被一首诗所捕获，而我们都曾抱着石头下沉
诗无非证实诗的无效，戴罪之身的一次反绑

蜻蜓窃听行会秘辛，在霉烂的故纸堆里
塔状身体像运送军火的火车发出微弱喘息

历史的盲目至今在复眼之外，而国家从来只适合

无限缩小，比如藏身于鱼腹，或青绿箬叶包裹的二维码

2021 年 6 月 14 日

短蛇 ①

无人机低低地嗡鸣、盘旋，惊醒草丛里

一条盘曲的蛇，昂起的小脑袋未及积攒

足够的毒，真理的剂量，偏小，远不足以致幻

扁平三角形让几何学长出分岔的小径

我说的其实不是蛇，而是诗，一种未成年的

偏僻的文体，干旱地貌中的清澈泉涌

蛇的灵巧让它不易于被发现，为了躲避

外在的暴力，它遵从一种内在的狂暴句法

蛇很长，但它把自己无限缩短，二十二个音节

字词在双行摇篮曲内部轻快地行进

更多时候，它没有作者，"不属于任何人"

如同幼年的地图上，兴都库什山脉神秘的气息

曾带领我认读辽阔而荒凉的无名

它也从未被写下，而是以秘密的吟唱，以节奏

在口与口之间传递，因此无人认领一首诗

无人需要为蓝色罩袍下的幽灵负责

---

① 短蛇(Landay在普什图语中意为"短毒蛇")，阿富汗的一种古老诗体，通常不押韵，双行体，类似于日本的俳句。本诗部分词句引自美国诗人艾丽莎·格里思沃尔德《短蛇诗》一文。

那被说出的禁忌，蛇一般"滑进胸罩里的手"
它在尖叫！以不可思议的"美丽、淫秽、讥诮"
以嘶嘶作响的信子，扑向蒙面的手鼓
滴血的手指让满园玫瑰感到了羞耻
那盲目的击打无意中对应于古老的法则
一种更强劲的反弹：蛇越短，越毒
一种更异端的诗学：不押韵，不允许触摸

2021 年 8 月 20 日

反弹棉花

在秤杆的一端，与秤砣斤斤计较的棉花太轻
很多时候它的分量几乎可以忽略不计
特别是在棉花组成的织物里，每一朵棉花
都需要再一次洗白自己，柔软的纤维
并未软化人类的立场，甚至秤花也不否认
在植物学词典里，花非花，但它并不抵制绽放
因此有必要对一种纯棉的现实质疑
尽管锦葵科植物的天性倾向于善良
我见过青涩的棉桃，那些瘦小的乳房
贫瘠乡村挺拔的部分，情欲与经验的混血
通过那些采摘棉花的手指，刺破的血
我理解劳动中的黑暗，即便摘棉机的手臂
延长了我们的想象，但词语的产业链
仍需要一个美学的上级，哪怕在秤杆的另一端
你再增加几个砝码。棉花的洁白烘托你的
一脸无辜，就像白云的睡袋还可以装下
几个亚洲，一场道德的雪，比棉花更白的谎言
我见过游走乡村的棉花匠，他们的弹弓
几乎就是一张完美的琴弓，当单调的音符

被轻轻弹奏，我没有意识到那些棉絮
已经纺进我幼年的身体。而一直要到许多年后
一个反弹才突然出现，一位为幻象所鼓舞的
嗜睡者被弹射到了天上。我没有意识到
我所有的记忆，都被一场沃罗涅日的雪腌制过
如同历史和现实的互相抵制持续到了今天
仓库里成吨的棉花，等待着你再弹一次

2021 年 3 月 27 日

溪边的皮箱

在乡村，时间几乎是静止的，就像溪边一只白鹭
在那块几乎专座一样的石头上半天不动。
我早就想不起今天是几号，星期几，或者农历初几。
我惊讶于一种可怕的健忘，村民们
开始习惯用久违的三分之二面孔接受
飞沫的问候。那些曾经高烧的单词也在逐渐变凉，
我甚至已忘记，白鹭多少天没有飞来？只有长尾山雀
还垂挂在电线上，像一位专注于垂钓的隐士；
七只鸭子，大摇大摆穿过乡村公路。
如果不是溪边丢弃的一只皮箱，那死者的遗物，
人们几乎已经想不起，死亡曾经离自己如此之近。
这是这一带的风俗，似乎在奔赴另一个世界的路上，
死者仍然有义务携带这笨重而无用的行李。

2020 年 2 月 23 日

剥豌豆

我在客厅外的露台上剥豌豆。一个豆荚里，有三四粒的，
有五六粒的，最多的有九粒。不远处的李树枝上
递过来三声杜鹃的鸣叫，听起来仍然那么圆润，
新鲜得像是刚从豆荚里剥出来。主妇在厨房
切洋葱和姜丝，隔着那么一段距离，那辛辣的气味
仍然刺激着我迟钝的嗅觉，就像这段艰难的日子
生活仍在继续。小狗蜷伏在阴影里，爪子
蘸取到穿过格栅的阳光。豌豆们来到盘子上，犹如
集聚到一个公共广场，对蝙蝠张贴的死讯不予理睬。
旁边是一本合拢的书：《来临中的上帝》。封面
是空的，只有一只甲虫在爬行，模仿坦克，或者
卡夫卡？我不能确定。我只是一再被告知，一首诗
不可能改变什么。因为据说，连神也是"苦弱"的。
我不想反驳，反驳也没用。我现在的工作就是
剥完这些豌豆。直到剥出更多被卡住的
鸟鸣……直到剥到其中一个豆荚，看见里面
居住着的七粒豌豆，那挨挨挤挤的模样，就像是
相亲相爱一家人。或者昨晚散步时看到的七颗星星。
有那么一个瞬间，我为要不要把它们拆散而犹豫。

而在我短暂的迟疑中，它们已经一骨碌

从豆荚里急急滚出，如下课铃声中获释的孩子。

2020 年 2 月 23 日

周年记

这里是高速公路的隧道口，紧挨着
这座靠近邻县的村庄。去年此时
这条公路还没有通车，我常常一个人坐在
这面向阳的山坡上，远眺和我一样沉默的群山
或者在停工的路面上来回散步
因为疫情，返乡的筑路工人都无法回来
工棚里的一条狗每次都远远地
发出狂吠，不知是表示欢迎还是拒绝
我时不时踩到工人们随意丢弃的
那些快餐盒，手套和安全帽
有一次，儿子和他外婆走入了尚未竣工的隧道
但他们走到一半就返回了，他们未能穿越
漫长的未知和黑暗。隧道实在太长了
就像似乎永远不会结束的疫情
一年过去了，高速公路终于通车
隧道吞咽各省牌照，而我能够想起的
仍是那些早就被清理的快餐盒，手套和安全帽
如同米沃什曾经用脚踢到的"亲人们未及
掩埋的尸骨"，尽管我拒绝扮演
"专业哀悼者"的角色，我只愿意记下

隧道口指示牌上的标记："白洋尖，2280m"

这短暂的里程，一个孩子有待测量的黑夜

2021 年 2 月 16 日

夜听锦水说陈亮

你大约说到了一半，一个激烈的人来到迷途
我轻轻合上朗诵手册，刚好把一只小飞虫
关进一座完美的监狱，飞翔的姿态
被一个瞬间所固定，双翅目昆虫的趋光性催促它
奔趋命运选中的偶然，或许它从未真正接近
那过于耀眼的光源。在两首诗之间，我们只能选择
其中一首，如同大多数时候，只有盲目
是他唯一的宗教，那过量的致幻剂鼓舞着他
也最终捕获了他，就像我诗中可疑的情感
至今没有得到清除。当我再次翻开书页
飞虫已牢牢粘附在诗行之间，成为其中一个字
密密麻麻印刷体中不可认读的潦草字
一道醒目的鞭痕，在颤抖的光束中被拓印
三两颗雨点适时打下来，为他仓促的生平断句
而镣铐无处不在，耻辱仍被我们续写
一个激烈的人仍然激烈，诗中借来的寺庙
不能平息激进的韵律，"人中之龙"也只是一个

借来的隐喻，因此有必要用太平湖的波纹去兑换

我们囚徒的处境，一个古老而新鲜的原型

2021 年 5 月 18 日

拆快递指南

拆快递如拆炸弹，引信如蛇信，吐露地狱烈焰

一份详尽指南不能帮助你拆解如雾谜团

你被建议在室外拆开它，仿佛旷野呼告

对于一个始终缄默的上帝仍然有效

硫黄的臭味，押解一个易碎的齐泽克

穿过分拣员危险的手指，一本被孔夫子炒到

180 元的绝版书，如一枚搁在树枝上

没有引爆的导弹，以辩护之名

对"易碎的绝对"① 发出冷嘲。遥远的战事

催促你奔赴，现象学前线，拥堵的语流

拽住飞速旋转的传输带，诗中内置的

火药，需要在你身上寻找一个

超声速发射装置。很多时候，闪电被冒用

这次也不例外，尽管滂沱泪水浇不灭

漫天礼花，僭主悬垂的卵丸，让妖娆春天

在虚假的高潮中完成一次现场排卵

2022 年 3 月 12 日

---

① 《易碎的绝对》为斯洛文尼亚哲学家齐泽克著作。

核电科技馆

在宝石状的核电科技馆，听女讲解员
用热情的声音讲解：一期，二期，三期
年份，数据，术语，故事，轶闻
以文学修辞轮番试爆，储料罐里蒸熟的原理
一颗半衰期的灰尘，在一束光线里漫游
像一位入定的禅师，运算寂静的参数
380 根压力管承受的压力，以及
由热能向电力匪夷所思的转换
我听得一头雾水，事实上也确实似懂非懂
像屋顶徘徊的一朵云，回忆起它的前生
曾是一株蘑菇，当然也可能如哈特·克兰的猜测
"那边的云团几乎是一头骆驼的形状吗？"

三位诗人的闯入会产生多大的压强？
这关乎更精密的测算和想象
至少可以肯定，一首诗需要采掘到
更多的铀：日常经验之外的一道矿脉
柯平多少有点心不在焉，他关心的
是秦驰道的确切位置，地方名胜的想象

和传说，置入世代更迭的疾速马蹄

而我心猿意马，在机组的运转中侧耳谛听

一种不断裂变的语言（当然，我知道

这样一种语言，必须小心地密闭在安全壳里

一只不为人知的，语言的秘密容器）

2022 年 7 月 7 日

不穿裤子的云

年过半百，终于下决心要把这些书搬到山上去

这些砖块一样压迫我的重物，有时只适合

做踏脚石，为缥缈的眺望垫底，或者

铺筑于墓道，让沉重的步履押上一个韵脚

在城里那间几近荒凉的旧书房，老鼠、蟑螂

和壁虎，大摇大摆穿行于高大的书架

我的耐心在日复一日中耗尽，就像衰老

终于找到我，我决心带它们离开这囚禁之地

不知从哪天起，我意识到，知识首先需要

回到无知，语言的裁缝铺出逃的一朵

不穿裤子的云，在天气预报的延宕里分娩

一颗仁慈的雨滴，以向白日梦收税

我从书架上取下它们，装进纸板箱打包

我用一圈圈胶带纸将它们五花大绑

然后一箱箱往卡车上搬，汗水的算盘珠

像是对海拔的一次预算，这涉及灵魂的险种

突然到来的转弯，陡峭，轰鸣的引擎

煮沸鹰眼收购的风景，辞海如公海

蒸发多余的义项，而一种更本质的知识
等待着被唤醒，在根茎的抓取，和蚯蚓的翻耕中

2022 年 6 月 23 日

夜寻鱼鳞塘　赠李平，兼示柯平、高鹏程

穿过五个红绿灯，去看友人推荐的鱼鳞塘

我们在堤坝下游走，像持烛的盲人

找不到登临的阶梯，海在咫尺之外喘息

我们被隔离于高大的防波堤内，以至

一个狂暴的浪，需要动用安静的鱼鳞扫码支付

与一个陌生人擦肩，用一种陌生的方言

校准夜色中模糊的方向。我们，海的密接者

与一个二手的浪错过，任海岸线起伏我们

关于一个地名的疲乏想象。当我们终于

找到鱼鳞塘的入口，诗人们已经返回

他们没有带来盐，浪尖削出的梨形的海

但他们带回了透明的幼蟹那一只只

刚刚长出的脚趾——黑暗中划桨的声音

2022 年 7 月 15 日

为群英村的一株水稻而作

有人汗流浃背为国家写诗，这说的很可能

就是我，当我戴着一顶分发的草帽

走过群英村的田间，我感觉到自己像是

一株焦渴的水稻，但硬化的水泥路

已把我和泥土隔离，而一株真正的水稻

在稻田里排队，练习立正，禾本植物

的礼貌，练习将要到来的鞠躬，而谦卑

肯定是沉甸甸的，就好像错的不是我

就像喷雾器的施洗，与青蛙的布道

有可能构成一对矛盾，而当你静下心来

你肯定可以听到水稻抽穗的声音

如果耳朵贴得足够近，你甚至可以听到

一只幼年的高音喇叭，那冒烟的根须

奋力扎向烂泥的声音，一条饥饿的蚂蟥

在少年的腿肚子上，畅饮如一台微型水泵

2022 年 8 月 23 日

忘词

那天醒来，听见羊的啼鸣，但只有一次
唯一的一次，我再未听闻，我惊讶于
这冷寂之地的异象，像远道而来的信使
带来一只羊对另一只羊的问候

这因迷失而多雾的身世，被羊齿草锯开
陌生，神秘，如羊皮书里无法认读的
那些被日常生活磨损或废弃的文字
原野上伛偻的树枝，暗红、瘦小的球果
像一种易碎的宗教，一次必要的晨祷

但张开嘴，才发现已经忘词，那些跪着的
被祝福过的异体字，曾被用来描写
柏拉图发现的"幽暗的洞穴"，正如你宣称
依靠爱而存活，靠词语中最锋利的
发音，而去爱，这危险的游戏，微弱的奖赏
让我把对远郊的信念坚持到黎明

以一个祷告的姿势，一根忠实的蜡烛
以致我的梦，成为我最真实的部分
甚至我触摸的整个世界，都是用梦做成

"如果我还能去爱，那也只是凭借于
一种深刻的遗忘：忘掉恐惧，记住你"

2022 年 11 月 27 日 星巴克

腭裂修补术 致于尔根·哈贝马斯 ①

他经受了多次手术，裂开的上颌

让他终身处于不标准发音带来的折磨中

事实上从童年开始的修补术从未完成

就像窗外圆润的鸟鸣，反复校正

这个结结巴巴的世界，含混的音节

无法填补一只鸟飞走之后留下的巨大空白

从"兔唇"到"狼咽"，无一例外致力于吞食

歌剧院台词和废钢厂腥甜钢水

晦涩的哲学概念和枪托、原油

在严肃的论辩中讨价还价

据说基因库种子已灭绝，相依为命的语言

像新的变异株寄生于奇怪的句法

"没有它，作为个体我们无法生存。"

没错，他说的就是语言，那缠满绷带的

石膏人，枯萎的残肢，皲裂的星球

---

① 德国著名哲学家于尔根·哈贝马斯天生上颌裂（有的患者只是唇裂，被歧视性地称为"兔唇"，易矫正；有的患者如哈贝马斯，上颌也裂开，与鼻腔相通，被歧视性地称为"狼咽"），从 5 岁起，他接受了一系列手术，并对他的哲学思想产生了巨大的影响。2022 年 5 月 6 日，92 岁的哈贝马斯在《南德意志报》发表《战争与愤慨》一文，引起哗然。

一只烧红的灼热炉膛大口喷吐

浓重鼻音。缝线拆除后留下的针脚

像一道可疑的虚线，串联起恶棍、辩士

和弹壳拼贴的暴君，以及我们未及审察的愚行

2022 年 5 月 21 日

梦娜斯庄园地下酒窖

一瓶一瓶挨挨挤挤簇拥在一起的葡萄酒
仍然冷得瑟瑟发抖，它们或许只有在诗人的
愁肠里才是热的。它们做梦都在想着
逃离这黑暗的地牢，这漫长而寂寞的刑期
就像逗留于语言恒温层的诗人，梦见
一截橡木塞子和一只金属启瓶器，在拔河
而最终的胜利者，可能就是贪婪的酒鬼
一瓶 1945 年的木桐，刚刚在二战的枪炮声中
安顿好惊魂，仅仅打了个盹，就被我们
鲁莽的造访再次吵醒，或许我们该压低谈话声
像一队厌氧的幽灵，保持足够的礼貌
酿造就是对粮食的厌倦，对分析的厌倦
甚至对标签上，一个时间的厌倦。酿造就是
诸神渴了，而酒瓶里最初的发酵尚未完成
方舟中走下的一只山羊，还没有准备
把我们引渡给一堆雨水沤烂的野葡萄
我们还没有准备好，把自己破碎，再破碎
像一杯祝福的酒，把自己斟满，递上

这赎回的火焰，还没有烧到一具宿醉的肉身

除非我能用一次细嗅，赊你酡颜里的一场革命

2022 年 8 月 25 日

跨湖桥独木舟研究

导游提醒，我们已来到了 6.5 米深的水底

可是水在哪里？我只看到那只独木舟

孤独地停泊在，那个最初的位置

远远看去，这只船更像是一具沉睡的尸骸

在玻璃房里保持一种异乎寻常的安详

它不再变形，不再朽烂，不再需要承受激流

和漩涡，仿佛它已轻易习得永生的知识

它枯萎自己，顺从于一种向内的收缩

顺从于碳 -14 的测定和一圈圈年轮的校订

它甚至放弃了一个传说中虚幻的彼岸

茫茫水面过于辽阔，它的桨克服过力学的偏见

但苇叶编织的帆，不可能接纳巨浪的一次偏心

它应该记得，一枚锥钉刺入身体时锥心的痛

如同它没有忘记，一个与生俱来的树疤

一种因神秘而不可说的树胶像眼泪

不用于哀悼，而只用于修补真理留下的破绽

而当我回过神来，才惊觉同行者都已离去

当我从湖底回到地面，水从我身上哗哗退去
我像一件新挖出的文物，带着淤泥和最初的迷惘

2022 年 8 月 27 日

蛏子考略

第一次到洞头，已是三十年前。第一次

吃到蛏子，这以淤泥和海藻为食的贝类海鲜

这奇怪的，两片软壳关押的"人"的形状

洁白、柔软的肉身，足以构成一种致命的诱惑

如同轮渡的船舷上，少女拂动的发丝

是一种诱惑。三十年过去了，海水并没有变甜

诗人们在冷气逼人的会议室里讨论

"海洋诗歌的多种可能"，但如果足够诚实

这本身暗含了一种"不可能"：海

是对饶舌的厌倦，就像一首写海的诗

没有一滴海水。一只倒扣的船，把我们倒空

那些曾如此迷惑我们的炙热的虚妄

一片海被倒空，连同一再被书写的风暴

死亡和深渊，孩子们四处寻找沙滩

用塑料铲子筑起城堡，又为没有一阵海浪

来推倒它而失望，他们在迅速长大

而我仍然深陷于淤泥，甚至陷得更深

那吞食的泥沙，至今没有完全吐尽

或许这是一种记忆的形式，因变形而走向

可怕的遗忘，就像螺壳内的寄居蟹

那退化的腹肢，一阵小小的惊吓就足以让它

缩回那个借来的壳。午餐照例有一盘蛏子

肥美的肉足够诱人，忙于申辩的舌头

需要慰劳，我需要去掰开它，这"人"的形状

需要从一种幽闭的语言之壳中去夺回

2023 年 8 月 19 日

在资江边散步

跟其他地方没有两样，需要绕过妖娆广场舞

高分贝舞曲，炫目的霓虹，才能找到

一支矮小的塔，和它深埋在淤泥里的倒影

那些磨损的膝盖，游荡的冤魂

找到禁渔期的鲟鱼，它微微上翘的嘴——

"一颗行星的尖脸"①？或许。但无疑已经错失

一种小小的傲慢与反讽，波纹织出的

细密鱼鳞，隐秘的刺，喉音里拔出的欸乃

需要绕过高新区新栽的行道树，佳宁娜酒店

不放假的喷泉，腥甜舌尖弹出的方言

才能找到江边滩涂上醉酒的打工妹

她的抽泣，她呕出的食物，青绿胆汁

像一条禁欲的江，在我们关于文明与野蛮

现代与前现代的争论中，悄然降下水位

它压低我们的音量，压低吹过城垛的风声

如餐桌上为我们减去的历史的辣度

---

① "一颗行星的尖脸"，为冷霜诗句。

或许仍有汹涌，而航标灯给出的航道

已悄然改变，语速里的一个浪，罔顾险滩

2022 年 9 月 28 日

否定句式

困在反义里的北方青年，习惯于

针对自我的否定句式，比如他说睡了

其实只是在一个租来的时刻梦游

江南的菜单上，有猪头和虾尾的长谈

郁达夫的饭局，不可设想没有周树人

守灵人，愿你暂时离开地球表面

到一颗不再发烫的星球上寻求庇护

沉重的时刻即将到来，就在明天

手臂上的白布条，像一个记号

送别的队伍里，死者和生者将互相辨认

2023 年 1 月 2 日

岁末诗

营养学家对粥的声讨，并不能平息

粥的愤怒，一碗粥，以它的清白和善良

安慰昨天开始失去味觉的舌头

老姜，葱白，红糖，继续熬煮

漫漫长夜，甚至一只鸭梨，也被寄予厚望

这琴的替身，用不可能的旋律制成

而一粒骑手捎来的布洛芬，仍在路上

刮去表面上那层灰，炭火仍明亮

电影中美丽的女子，被爱和饥饿折磨得瘦骨嶙峋

那面包和奶酪无法喂饱的饥饿

但仍有人爱着，像两截潮湿的木头

在火焰中蓦然相逢，似乎人类还有希望

熬过这个冬天，就像有人熬过一个冰川纪

一如剥洋葱让我们想起流泪

那"可能成为我们的祭日"① 的每个时刻

2022 年 12 月 31 日

---

① 曼德尔斯塔姆诗。

清溪田野音乐诗会 ①

穿过一片荷塘，去看一个人的故居

我们通过入口，接受一道慈祥目光的扫码

一支测温枪伸过来，仿佛历史仍在低烧

这里已被改造成一家书屋，只是书架上的书

概不出售，就像乡村的虫鸣和星光

也不标价，我在幼年时读过其中的两本

里面的内容我都忘了，依稀记得暴风、骤雨

犁铧、土地，这些曾经激烈的词汇

在今夜的琴弓下变得安静，"干旱的月亮

扑向泥土深处沉睡的人民"。事实上

只有墙上挂着的笠帽与一穗高粱，还能证明

他曾在这里居住，他曾用此地的方言写下

一种陌生的叙事，过于浓重的湘语发音

一种已经失传的现实主义，像嘹亮的朗诵

在耳膜里形成的嗡鸣。荷塘里的淤泥

沉默，藕孔的音箱，回响经过改造的口型

在舞台下我再次和他笔下的人物相逢

---

① 2022年9月28日晚，由散文诗杂志社与益阳市人社局举办的田园音乐诗会在作家周立波故居前举行。

他的乡亲，那些在复数里隐身的人民

因此对于无处不在的彼此混淆与偶然的

重名，我的探究，总是常常显得徒劳

2022 年 10 月 5 日

告别的艺术

偶然发现我已被列入前辈行列
这意味着我已经垂垂老去
满脸皱纹似命运绘就的错版地图
而错上加错，我还得继续忍受
这个错误百出的荒诞人间
认输是一种必要的方式，就像写诗
写到一定时候，不写是一种方式
问号和感叹号，可以使用同一滴泪水
朋辈列队成新鬼，我每天能做的
也只是默默祈祷，就像我祝福你
跳出因果，早日被亡灵解雇

诗人南音说她父亲院子里打的一口井
是死井，这像一句话卡在那里
我们也一样，说着说着，一不小心
就把话说死，爱总被扭成死结
泉水去了哪里，只有泉眼知道

彩色的卡夫卡①，没有见过我家乡

圆饼状的榨面②，洁白如新扎的花圈

沿溪十里，像一场盛大的葬礼

我们每天烹煮它，熟悉它的美味

犹如精通告别的艺术，尽管许多时候

我们甚至没有告别，忘记了互相祝福

2023 年 1 月 14 日

---

① 彩色的卡夫卡，出自王敖。

② 榨面，浙江嵊州特产，以米粉为原料，状如圆饼，通常沿溪摊晒风
干而成。

逝者名单

这份名单仿佛可以无限拉长，一如

这个潦草的春天，列队而来的满山草木

蕨菜，艾草，马齿苋，苜蓿，鱼腥草

我来不及一一叫出这些短暂的名字

过于偏僻的方言，无法进入植物学词典

就像凡人的生平，不被纪念碑铭刻

我们被告知，眼泪的修正液已经过期

但不用怀疑，即使是最迟钝的根芽

也比闪电更洞悉死亡的秘密。白鹭一次次

朝水面俯冲，像是冲洗虚幻镜面的快照

只因它们有同样的赴死之心

而我们沉溺于遗忘，旷日持久的拖延

直到一阵礼貌而固执的敲门声响起

2022 年 4 月 20 日

假领头考证

那个年代我们都曾拥有过一副假领头
假领头其实不假，它保留了衬衣上部的
小半截，只是省去了袖子与衣身
记忆好像被截取了一个片段，丢失的身体
在裁缝铺里接受针脚的反复灸疗
被缝进的一行疤痕，若干年后将隐隐作痛
在开领毛线衣里戴上假领头，然后
将雪白的领子翻到毛衣外面，看上去
就像是穿上了一件崭新的衬衣
这不合比例的伪史，符合特殊年代的美学
将少年隆起的喉结放大到夸张的尺码
这古怪的赝品，暗中节省缝制鞍鞯的布料
仿佛历史仍在骑着那一道缝线
滑向遗忘的深渊，一只被剪去舌头的
仿真鹦鹉，习惯用假声啼唱
像一个塑料模特，在假领头里转动脖颈

2022 年 11 月 11 日

对杜甫的一次重构

带一本《杜诗重构》，去高速公路高架桥下
大声读，更多时候是不出声，我听任
两个杜甫，在原作和经过重写的新诗之间
磋商，或暗暗较劲，听任头顶的滚滚车轮向前
但当我这样说，其实也面临另一种反驳
因为当我说到"向前"，至少另外一半车轮
是在奔向相反的方向，就像一个杜甫
和另一个杜甫闹别扭，新诗也始终需要
接受来自过去的质询。有时当我读到一行诗
的中间，可能刚好有一辆重型卡车驶过
那钝重的一击，迫使我接受一次短暂的停顿
句子结构的猛然坼裂，导致一句诗被迫
换行（变道），甚至语速防滑机制的短暂失效
当然，杜诗有更多读法，在高架桥下读
只是其中的一种，哪怕我读得再慢，也不可能
拽住那些飞旋的车轮。无论新诗还是旧诗
那内置的转速，听命于同一部不可见的引擎
偶尔有蝴蝶飞过，像一场未及预报的风暴
有时是一只，只和自己押韵；有时是一双

像对仗的上联和下联，戴着格律的镣铐

秀恩爱。哪怕它不真实，但吸引我的恰恰是

这和现实不入调的对台戏，就像许多时候

我站在杜撰这边，"现实主义诗人也可能反现实"

复眼重构的颗粒状悬浮物，一对翅膀

像未被磨损的刹车片，在朗诵腔里及时嵌入

一个减速的杜甫，蝴蝶以自身的重量

悬停于气旋中心，刺绣一幅不存在的地图

车轮碾压的血腥内脏，夯实历史地基

2022 年 5 月 27 日

在悬钟阁 ① 听钟

自始至终，我没有听到过钟声。当然

也有另一种可能，那就是我聋了

蝉鸣加剧着我的耳背，那被时间浇铸的

金属的音质，一遍遍，为寂静除锈

我得承认，耳朵已越来越不好使

而钟声是一个旋涡，当我被卷入

惊惧于一个盲目的中心，旋即被推向

一个更邈远的世界。万斤钟？真有一万斤？

（据说确切的数字是 9999 斤）

不必较真。反正没有人称量过。它只是

以自身的重量，将尘世的重负悬置

蝉鸣渐趋激烈，像是对经卷的一次辩难

当然它也会有停歇的时候，比如从一个壳里

逃脱，或者给自己的嘴巴贴上封条

自始至终，我被悬挂在深渊之上

等待着那来自虚无的一次迎头相撞

始知我也是一口钟，大多数时候安于沉默

---

① 悬钟阁位于河南汝州风穴寺内。

就像一个饶舌者终于懂得放弃雄辩

唯有鸽子置身事外，在钟楼的翘檐、螭首

和发烫的钟耳上，留下几坨灰白、干硬的粪便

2023 年 10 月 2 日

衢州鸟鸣研究　给步红祖

在杨炯①祠附近，我至少听到了七种鸟鸣

其中必有一只鸟，使用了古姑蔑国

早已失传的语言，那无人能听懂的古奥音节

土墩墓群里被挖掘机日夜打搅的亡灵

不准备饶过吴越语系打结的舌头，一条震颤于

美学边际的绿道，坦克 300 夯实虚无语境

如此固执：陶纺轮忙于纺织黑太阳

多义的棉线，而在看不见的某处，鸟鸣

固执地提醒着典籍之外，一个消失的国家

气囊回旋一个渺远的后缀，那无法拼读的鸣啭

和啁啾。这意味着，写诗就是考古

重新出土的锈脸与钩嘴，向我索要

卡在现代性里的一声鸟语，抑或如这位

被供奉于祠内的诗人（擅长撰写碑文的县令

熟悉刑具如孤诣诗中平仄与陡峻的酷吏）

---

① 杨炯，初唐诗人，与王勃、卢照邻、骆宾王称为"初唐四杰"。如意元年（692）秋后迁盈川令（县治在今浙江省衢州市衢江区高家镇盈川村），吏治以严酷著称，世称"杨盈川"。据传在带领百姓祈雨时忧心如焚，跃入盈川潭而死。

一不小心，就把诗写成了祈雨词
在烈日的烤炙中，投身于一场虚构的滂沱
一种激进的诗学始终诱惑着我们
像他那样纵身一跃，被一口枯井所收留

                                            2022 年 8 月 2 日

时代大道

高德地图显示，前方位置 25 公里
一个若隐若现的地址，位于一条河的第三岸
白雾深处，目录学遗漏的一个词条
午夜的时代大道车辆寥落，仪表盘上
的指针，静静悬浮，噙住一颗灰色的心
时速 80 码，恰好适合用来虚构你
镜子里的面孔。一次次的逃亡，我
仍未逃出我，旧日画布上颜料凝冻的一幅
未完成的自画像，正如你从未抵达你
一次前途未卜的行程，罔顾导航仪不厌其烦
的提示："你已超速。"减速带和刹车片
同时由你构成，旋即被你自己拆除
或许该庆幸有一个时刻，时代大道可以暂时游离
于时代之外，像一尾鳟鱼在静物里游弋
但它仍是一个梦的索引，尽管从未被征用
像一首远郊的诗，适合静电的音线
一只黑暗中触到的手像是拒绝冬眠的蛇

在篝火旁，和果皮上的霜一起融化

而梦中"吱吱"的刹车声，仍将有彼此的擦痕

2022 年 11 月 16 日

父与子①

在你那个网购来的简易书架上，我找到一本《圣经》

一部《易卜生戏剧集》，一本《象棋绝杀大全》

还有两期《低岸》，其中一册已脱线

看来时间的投诉已经奏效

半生虚掷，灰白头颅如一颗寂静

燃烧的孤独星体。木匠的儿子，你的父亲

似乎从未想过要为你打制一个更漂亮的书架

我看到工作台上散乱堆积的锯子、斧头和墨斗

各种型号的凿子，这些激烈搏斗的证据

尖锐的锋刃，没有在你身上留下痕迹

你接受命运的馈赠，以缓慢的踟蹰

回应一只蜗牛的嘲弄，勘误表里一个小小的错谬

你甚至没有获得一支拐杖，以支撑

微微倾斜的身躯，一个无意中构成的斜角

当你从车门里出来，你的手指首先需要抓住门框

然后把脚伸到外面，我注意到那略显肿大的关节

在微微颤抖，那猛烈、倾尽全力的抓取

---

① 此诗为好友建平而作，十年前他遭受脑梗袭击，从此进入缓慢而漫长的康复过程，现谋生于杭州萧山一家福利厂。

一种因夸张而近乎变形的力量

你父亲这几年已改行养蜂，锯木声

被另一种乐曲所取代，那刺破耳膜的嗡鸣

临别时他递给你一大袋从卫生院配来的药品

轻声交代你这是两个月的药量

对你的病情他似乎没有过多的担心

他只对日益遭受污染的蜜源而忧心忡忡

蜂群飞回蜂箱又迅速折返

他小心翼翼地拣出死去的蜜蜂

似乎死亡已司空见惯而仍需要默哀

2023 年 3 月 10 日

天涯邮局

"未开放陌生海域，禁止翻越栏杆"

相对于栏杆外那个狂暴而动荡的大海

警示标志上的几道波纹，未免显得过于平静

像平静的菩萨，对溺水者的呼救无动于衷

从鹿回头村到天涯邮局，春节的公交巴士

载着寥落的乘客，哐当哐当来回奔波

沦落天涯的人，没有一封信可以邮寄

掉漆的邮筒塞满断桨、死鱼和鸥鸟的啼鸣

除非你是我的天涯，离散于咫尺

就像盐从海水分离出来，一种苦咸的知识

适合在礁石的课桌上学习，真正的告别

一生远远不够，直到沙滩上的海浪，白发苍苍

禁止回头：对一座欲望之城的回望

将把你变成一根永远无法赦免的盐柱

深海研究所① 禁止访问，因为，最深的海

正从你的身体撤回，最灼热的火山，已经死去

2023 年 2 月 11 日

———————

① 鹿回头村、天涯邮局、深海研究所，均为三亚公交车站名。

未来规划师语录

有些事情你不能理解，比如一名北方诗人

为什么来到了南方？当他蹲在围栏上

多像一只鸟，他的尖喙由词语赠予

他拔光的羽毛，化作一只彩色的毽子

一只饶舌的鸟，同时也是一只寡言的鸟

它们在一张不存在的棋盘上对弈

落子无悔啊，一局从未开始的棋

也从未结束，童年留给你的就是一道

无解的残局，就像你想拥抱的仇人

和你的亲人，在同一片泥土里相邻而眠

当有人再一次说到未来，你忍不住

沿着硬化的村道迎向落日和墓园

那人手所造的偶像也在黄昏破碎

当椅子抑制住迈开四腿走向山野的冲动

你忍不住为一棵健康的松树规划未来

事实上，你唯一的未来就是

从未来回来，因为仇恨已经长大

斧柄也在长大，你的未来就是

等待着自己的儿子，来把你伐倒

像一棵枯干的大树，沉重地倒下

而回声，需要很多年之后从未来传回

2024 年 3 月 5 日

夜游郏县

夜宴散尽，众人离去，只剩下我们几个

走在郏县的街道上，如一群孤魂

游荡在一千年前的古县

一千年前，诗人还无名无姓；月亮

刚刚从甲骨文的刑枷中挣脱；一口未及铸出的

铁锅还在一堆生铁里熟睡。生铁铸就的玄鸟

像错误的箭镞正确钉入封建的天空

老家的美食"胡辣羹"终于在某个转角找到

名为"胡辣汤"的亲眷，减去的辣度

无法被一张空空的嘴转述

历史不会打烊，排档醉语如折戟

单挑烟熏火燎现实。这是否就是现场

不得而知，但可以肯定，我们都在心照不宣地领受

一个属于自己的角色，和一件使起来

不一定顺手的兵器。广告牌上的霓虹闪烁其词

反映修辞的普遍困境：我们有多口若悬河

街边的一棵垂杨柳就有多大蛮力

将无根的我们往无边的虚空里暗暗倒拔

2021 年 11 月 28 日
2022 年 4 月 7 日

方言能见度研究

这并不意外，在迷雾笼罩的富春江 ① 边

方言的能见度再一次输给了普通话

"雨巷"勉强找来"落雨的弄堂"

怂恿我们和一个可疑的远房亲眷相认

就像霾是雾的异名，重建的故居

是一个地址公开的遗腹子

那么"羞耻"呢？它无形，无色，无味

我们不可能在吴越语系里为它找到替身

如同青铜塑造的烈士拒绝一具宿醉的肉身

我们喝茶，吃热带水果，嗑本地瓜子

忍受舌头在艰难的转译中打结

当王国骏用建德话读到"瑟瑟发抖的雪莱"

我们都听到了江水撞击低岸的声音

仿佛大人物又要坐小火轮出发

他要用走调的方言，去重新发明一个故乡

那么没有方言的人怎么办呢？别急

你只要祈祷，上帝会赐给你一种

---

① 圣诞日与越人诸友在富春江畔喝茶，大家以方言朗读拙诗集《迷雾与索引》中的诗作。

新的语言，尽管长袜子里没有你想要的礼物
汉语血污的胎盘里没有挖出婴儿的啼哭
有那么一刻，我反复数算合影的人数
久久不敢确认，第十一个是铜像
那从异乡人的簇拥中探出的一颗年轻头颅

2020 年 12 月 26 日

听英国演员朗诵杜甫的诗

不必怀疑，朗读《观公孙大娘弟子舞剑器行》的嗓音

和念诵莎剧的嗓音出于同一只喉咙。

但在那个遥远的岛国，杜甫也只是个陌生的名字，

相较于柳树抽出的新绿，日渐变深的草木，

难道真有人关心一个来自东方的诗人？

当然，在他的祖国，他同样是一个陌生人，

一个厌倦了战争、饥饿和逃亡的胥吏，

一个盛世合唱团里把离别与鸟鸣演奏得

甚至比哀乐更惊心动魄的乐师。

不必怀疑，诗有它的限度，它不会让一个

困守室内的人免于命运的再一次惩罚。

一个弯曲的水龙头不可能代替我们鞠躬，

它只负责用疑似的泪水反复冲洗

可疑的手指。从一种语言到另一种语言，我只关心

在剥离了韵律和平仄之后，究竟还保留了什么？

就像一棵剥光树皮的松树，是否只剩下

衰老、叹息，以及枯枝临摹的笔画与鞭影？

而灾难必须从一顶花冠里赎回失传的哀哭，

一如从杜甫到莎士比亚，隔着伦敦的一场浓雾，

舌头上打滑的独白，抑扬格和音步，

和一个优柔寡断的哈姆莱特。

只有悲观约略相似，而正是这与病毒同样古老的悲观

为一种圣贤与小丑所共同使用的语言消毒。

2020 年 4 月 25 日
2020 年 5 月 5 日

相反的力

李树的枝条上，鼓胀的苞芽在料峭中簇拥

像是在用一只只幼小的拳头，用力挣脱

那看不见的刑具。而树下的卷心菜

则刚刚开始学习把自己一层层反绑起来

在缓慢地卷曲中创造一个密闭的旋涡

我置身于几股截然相反的力，它们

服务于各自的宇宙，被异质的禀赋所鼓舞

我因此可以理解，柔弱的根须为何向冻土掘进

而来自地心的导火索像饥饿之舌引燃

春天的枝头，那必须由灰烬和骨殖命名的花冠

尽管此刻说起春天是野蛮的，就像蜜蜂

嘤嘤的吟唱过于甜腻，而乌鸦的独白

比白鹭离去之后的空白更留白

如同一颗飞奔而来的小行星，最终

拖曳着灾难的气息离去，只留下我脚下

这颗来不及问候的，备受病毒折磨的星球

2020 年 2 月 29 日

合成的对白：在安迪·沃霍尔的房间

1

黑白海报上，我在等待我的到来
迷惘的目光像一支测温枪远远对准我
但不会有读数，我再一次得以确认
我永远是我的陌生人。甚至我是我永恒的
敌人，犹如安迪·沃霍尔的一幅幅自画像
在现实的背光处，致力于自我的搏斗和修正
就像黑暗中的袖珍屏幕上，剧中人
和演员本人有一段合成的对白
作为波普的遗产，我和我礼貌地寒暄
嘿！阴郁的老伙计，悲观主义大师
今天可以暂时取消隐喻，一束吝啬的阳光
适时打在你的额头上，足够切削
一只从伊甸园走私来的苹果
但尚不足以融化中年的霜和积雪

2

我和我微笑着合影，隔着一只口罩

和浓雾中涌出的若干朋友，地铁吐出的
假想中的读者，被一个音节偶然选中
嵊州的读者，富阳的读者，衢州的读者
高校的读者，郊区的读者，产业园的读者
今天都是上海的读者，无一例外
今天都需要放弃籍贯和身份
放弃朗诵腔和过于高亢的声调
静安区的读者，用安静反对着尾气和灰尘
卢湾区的读者，拒绝被另一只舌头管辖
推开门，空椅子集体屏住了呼吸
梦露交给碎片去拼贴，一个立体主义的
梦中情人可以被现代印刷术无限复制
一如超市货架上码放得整整齐齐的商品

3

诗歌来到了美术馆。舌头的跑道上
为了防止韵脚和音步的打滑
有必要动用方言中古怪的发音
陈铿的新登方言显然已经过了罗隐的校正

程秀芳的富阳口音也掺入了南翔古镇的甜腻

蛇在建立起高跟鞋虚无的峭壁和制度

舌头的死结需要另一条舌头来打开

普通话的玫瑰，需要通过另一种方言转译

像冗长旅行中一次短暂的转机

面对目瞪口呆的观众，一首诗的读法

带来了意义的分歧，而只有声音最先出逃

内置的引擎在白鹭的身体里轰响

那随身携带的停机坪，在词语的起落架下

微微震颤：诗，随时等待解散一个语法的立法院

    4

地方戏只提供片段，清唱省略了一段水袖

长亭减去短亭之后，蝴蝶敛翅相送

如果可以，我们不妨一直这样送下去

只要有足够的耐心，足够的

排比句，不厌其烦地罗列、铺陈

但九里桑园就在眼前，竹匾上的幼蚕

将一张张桑叶裁成江南的地图

美术馆在下雨，我们都披上了蓑衣
决堤的汉语里突然涌出这么多水
越剧来到了美术馆，而你竟然忘了带上手绢
就像一百年前的小歌班来到上海滩
才子在哭，佳人在哭，强盗和烈士在哭
鼓点像阵阵春雷滚过蒙面而泣的鼓

      5

当我开口说话，我不是在对在场者说话
我是在对那些缺席者说话因为
他们以缺席提醒我他们仍然在场
当我开口说话，那不是我在说话而是
我身体里的死者在说话因为
是他们代替我死去以换取我的幸存
那是张爱玲在说话胡兰成在说话
王金发在说话秋瑾在说话
那是父亲姐姐三舅舅二姨娘外甥女在说话
因此我滔滔不绝夸夸其谈意犹未尽直到
墙壁上昏昏欲睡的画家最终也睁开了眼睛

直到"词源学里无法查找的沃罗涅日"
交出遗骸和供词。因此一场隔着口罩的对谈
始终存在第三个说话者：那守口如瓶的幽灵

　　　　6

表哥来了，他穿过两个街区来看我
携带着三十年前暗房里冲洗下来的颗粒
从水汽氤氲的公共浴室，到旧厂房改造的
美术馆，我们彼此辨认，那瞬间的迟疑
将地质断层里沉睡的部分重新出土
似乎乡村少年脖颈上的那圈污垢
需要再次擦洗，这徽章般无法消除的羞耻
固执得如同一个胎记，提醒我所谓记忆
就是耐心地穿越矿井般漆黑的产道重新出生
事实上表哥当年送我的那支英雄钢笔没用几天
就被我弄丢了。这几乎就是一个隐喻
在我和写下的文字之间，笔始终是匿名者
谁写下，谁就失踪。唯有狂饮的墨胆
洞悉墨水瓶里的风暴，和笔尖咬紧的昨天

7

我一再想起美术馆餐厅里那只黑猫
据说它来自遥远的巴黎，走国际化的步子
只需轻轻一跃，就跨越了语言的鸿沟
像一道漆黑的闪电，转译是多余的
据说它还在这里接待过阿多尼斯
与他随身携带的沙漠和炮弹的渴意对峙
需要的或许不是蛮力，而仅仅是纯粹的凝视
爪趾抓取到的事物不是语言的边界
但它触及语言的本质，一个无法捕获的
主体或对象，就像一只铝质的汤勺
在汤汁中变软，变成一条深渊里救出的舌头
而我必须走了，我的读者在等待着我
我已经带走了那瞳仁里的火
那用全部的黑暗兑换出来的明亮的礼物

8

我没有带上手绢。手绢是另一张地图
只负责收集泪水，泪水里那些被忽略的盐粒

门铃喑哑，地址消失，秘而不宣的疼痛

在古老的地图上走散。但我带来了
父亲的笔记本，他用钢笔绘出的
陌生的街巷和地名，我永远不会结束的
童年的漫游记。我继承了他对地图毕生的爱好
我带着他来到美术馆，试图用他的眼光
观看这些陌生的色块，线条和颗粒
用他的声音朗读我的诗。我知道我仅仅是
代替他写下了这些他未及写出的句子
我握住的笔，甚至就是他使用过的那一支
我不会忘记，是他把第一棵铅笔搁在我的
拇指和食指中间，然后告诉我：写吧，握紧它

　　9

我需要回答读者的提问，但首先
我需要回答自己的问题，或者说我首先需要
从米罗的梯子上下来，向沃霍尔请教
飞鸟的另一种画法。鸟的瞳孔更多时候
转动在你的脸颊上，像年迈的石匠

在峭壁上凿出我们的眺望。它从未辜负

我们的托付，在难解的几何学里

它画出的辅助线依然有效，就像诗歌

很多时候不得不求助于晦涩的形式

那锁孔里的密语。但钥匙已被扔进井底

所以我不得不一再申明："晦涩不是我的错"

正如贩卖迷雾者他本身就是一团雾

在这个意义上，我没有资格给你提出建议

我只知道，每一个词都需要放在铁砧上

经受技艺之锤的捶打，并成型为生命的一种形式

10

在一个密闭空间里，让诗歌开口说话

意味着让元音和辅音彼此交换可变的钥匙

麦克风为一声轻微的咳嗽扩音

其实你已把声音压到最低，唇齿的摩擦

仅允许胸腔里缓慢溢出的气流通过

这像是一个仪式，我们的身体此时成为一只

临时的音箱，肺叶捍卫的不仅是呼吸

而且是语言的健康。词语繁殖的速度始终快于
病毒繁殖的速度，因此幽灵有权质疑
被柱状图抽象的数字，那括弧里紧闭的
嘴唇，口罩后面的不发音部分，像一场大雪
覆盖一个沉默的国度。亲爱的读者
此时我的耳畔传来的却是你奔跑的脚步
穿过黄浦区，穿过福州南路，穿过蒙自东路
那惊心动魄的竞技，气喘如牛的死神！

11

钢笔在脱帽致敬。词语在舌尖上起跳
一条新建的跑道通向更多歧途
像一支失踪的笔指向一个无解的谜
记得钢笔丢失的第二天，我偷偷给表哥写信
我用无数的形容词和惊叹号表达我的迫切和担忧
我央求表哥给我再寄一支。我希望
在父母发现之前，这支笔就能够来到我手中
一个星期之后，崭新的钢笔寄到了
摘下笔帽，笔尖如鸟喙扑向白纸

我用它画出了第一把梯子，那铁轨一般

通向未知的平行线，狗朝着高处的月亮狂吠

像面对一个从未被时间租用的租界

我不知道那支失踪的笔去了哪里，但我相信

它也在寻找我，它的曲笔，它隐微的书写从未停止

12

"谢谢你们在冬天仍然爱一个诗人"

谢谢你们口罩后面诚挚的面孔

深渊的留白和断裂，病毒学的一个漏洞

一个唯一的例外，被幸存的词焊接

作为物质的情人，沃霍尔被隔离在另一个房间

但我能够听到他的呼吸，他淡淡的嘲讽

不远处的机场上，又一架航班起飞了

像一首诗克服语流的引力，被幽微的命运所加速

我从四棵树出发，带着一团雾而来

我带走的是一团更大的雾，没有名字的"他者"

没有门牌号码的地址，像一次神秘的邀请

动用了乡音、白发、绿码，蝴蝶的狂喜

但对白不会结束，在一个被永恒短暂租用的房间

词仍在空气中轻轻引爆，"那硫黄味的牺牲"

2021 年 2 月 13 日
2021 年 4 月 13 日
2022 年 11 月 3 日

诗人的职责是通过写诗来阻止语言的败坏

——蒋立波答诗人崔丽娟十问

崔丽娟：蒋立波老师您好，您从大学时代就开始写作了，1988 年，您大学时期就自印了第一本诗集《另一种砍伐》，后来似乎有相当一段时间没有发表作品。2015 年诗集《辅音钥匙》出版，同年获得"柔刚诗歌奖"后引起诗坛关注，这个奖对您意义何在？写作 30 年，有代表作吗？成为一名诗人可是您安身立命之本？

蒋立波：从 20 世纪 80 年代末开始写诗算起，说起来已经有 30 多年历史，但其实这中间有过很长一段时间的停顿，特别是 90 年代后期到新世纪初，差不多有近 10 年时间是荒废的。我曾在一篇小文中说过我是一名"迟悟者"，这决不是谦虚的说法，而是对自我的切身体认。跟那些少年成名的诗人、早慧的诗人相比，我自认为我的才华是有限的。我一直认为才华本身也是可疑的，才华不足以支撑一个诗人持续的、大长度的写作；相反，我认为诸如专注、勤奋、领悟力、人生经验及其转换和变构的能力，包括自我变革和更新的能力，可能更为重要。或者说，对于一名优秀诗人来说，他肯定另有一个强劲的内在动力装置。比如你说到的"安身立命"，某种意义上，从很早的时候起，我确实就有了成为一名诗人的愿望。但是随着年岁渐长，却越来越觉得做一名诗人是虚妄，诗也不能带来终极的救赎。以美学代宗教，就是一种最大的虚无。但在一种特殊的意义上，诗确实也承担了类似精神避难所的任务。语言有一种奇妙的功能，比如对精神和现实的某种提纯、过滤，对心灵的慰藉和镇静。诗歌帮我度过了整个青年时期，那些无处安顿的、无处寄放的、无法排遣的、盲目而狂热的，都可以在诗歌中得到存放，像某个秘密的抽屉，某个永远不会公开示人的空间。诗也正在陪伴我度过危险、凶险、困顿、艰难的中年时期，我希望它能帮助我安全地走向晚年。

我确实很少发表作品，极少数见诸刊物的基本上是约稿或者友人的热心推荐。几本诗集也大多是自印或小众出版。"柔刚诗歌奖"是一个在诗歌界有较大影响力的民间诗歌奖项，迄今已历30多年，以独立、公平、公正而著称。能够获得这个奖项是我的荣幸。可以说，正是通过这次获奖，外界开始逐渐认识一名寂寂无闻的"远郊诗人"。事实上，由于不擅交往的个性，也由于长期僻居于相对比较封闭的县城，我跟诗歌圈基本是隔绝的，很长一段时间里我都处于某种边缘的状态。要说对我个人的意义，我觉得可能是诗歌同行对我的写作的某种认可或者说肯定吧，像授奖词中说到的"以智性的目光和机敏的想象力为流动的情绪赋形，在克制的叙述中，对词与物、自我与经验、个人与历史之间的复杂性进行迂回观照，并呈现出一种内向性、对话性的语言风格"，这个评价确实对我此后的写作产生了很大的激励。当然，获奖说到底也只是满足了某种很短暂的虚荣心，根本上，诗人只需自我的加冕、自我的认证，不需要借助外在的荣誉。

说到自己的代表作，我觉得这个更应该交由批评家或读者来认定，他们比我更有发言权。而且由于各个阶段风格的变化，也很难遴选出一首诗作为我全部写作的代表。不过我可以列举出几首自己比较喜欢的短诗：《死亡教育》《雪终于不够了》《昆虫研究》《失联之诗》《嗅辨师语录》《耻辱考古学》《七夕指南》，以及被夏可君先生赞誉为"无与伦比的杰作"的《钉痕学》，还有小长诗《札记：岁末读薇依》、长诗《乌有书店》。

崔丽娟：您是从什么时候开始意识到诗这样一种形态的存在？能说说您幼年接受的诗歌教育吗？听说您在老家的山顶建了一家书店，我很感兴趣为什么想到要在荒无人烟的地方建这么一家书店？

蒋立波：我曾经写过一首短诗《空白的教育》，写小时候父亲常常在晒场上给我们讲故事，故事有的来自《水浒传》《东周列国志》《说岳全传》《隋唐演义》《荡寇志》等古典小说，有的完全出于自创。他是一名粗通文墨的乡村知识分子，偶尔也会写一点旧体诗。在夏夜的星光下，蛙声嘹亮，他讲一支军队通过独木桥，讲着讲着便会突然停下来不再往下讲，这时我和姐姐便会催促他，问他为什么不讲了。他沉默着，半天不说话，被催得急了，才慢悠悠回答道，千军万马过独木桥，哪能一下子过完，还在过桥呢。我知道催也没有用，便只好耐心等待，心想这么长的军队要多久才能过完啊。等待的过程也是想象的过程，那巨大的空白和沉默，逼迫我需要动用全部的心智去填补，去补充和完成。这或许是父亲给予我的最初的诗的教育，诗所需要的想象、空白、停顿、迂回、沉默，这些由杜撰或虚构的材料所构筑的"声音的诗学"。

小时候老家阁楼上有一只用于存放衣物的樟木箱子，樟脑丸的香气对我构成了一种神秘的诱惑，这种诱惑当然也是因为里面暗藏的一大叠的书。我会在大人不在时偷偷爬上阁楼翻看那些藏在衣物下面的书籍。我常常一个人躲在阁楼里，沉迷于一个遐思和想象的世界里，有时是看书，有时也会胡乱地在本子上写下一些类似梦呓的句子。那或许就是我最早写下的"诗"。

我永远记得阁楼上的这只樟木箱子，那种浓烈的樟脑丸的香气，我一层层地翻下去，每一次都像是一场幼小心灵的探险之旅。我永远记得翻到最下面一层时看到《红楼梦》的情景，那里面的一些诗词非常吸引我，我第一次知道，在通常的故事和小说之外，还有这样一种美妙的韵律和声音，一种可以超越现实镜像的文体存在。特别是那一块闯入我生命的神奇的"顽石"，带着某种禁忌的气息，赠予了我一份从未有过的阅读体验，并成为一种压箱底的精神存在。

所以注定会有这么一家书店，出现在人迹罕至的荒野之中。我在一首诗中写过这么一句："一家被逼上山顶的书店／终于可以不需要读者。"这样说或许有点矫情，我宁愿这么去理解，那就是每一家书店都在寻找它的隐秘读者。那么，磨石书店或许也是带着这样的理想，它只不过是想在一个更高的精神海拔上与它的读者相遇。疫情开始前的一年，我开始对这家书店进行了漫长的修建。中间因为反复的疫情，建建停停，停停建建，加上地处偏僻，装修计划不断更改，有时甚至陷入几个月的停顿，直到3年以后，它终于在嵊州老家西景山的茶园中矗立起来，上下两层，大玻璃窗和方块形小窗搭配，一种纯白的极简主义风格。当我将一幅出自陈雨之手的葡萄牙诗人佩索阿的木刻水墨肖像挂上书店墙壁时，我感觉到了某种强烈的戏剧感，或者说是一种恍惚迷离的不真实感。作为一个分裂或化身为众多异名的大诗人，佩索阿穿越漫漫时空来到了我的老家西景山，这或许是一个隐喻、一个小小的奇迹。在四周巍巍群山的包围中，这幢白色建筑更像是一件不可思议的装置作品。我不喜欢用情怀之类的大词来解释我这种对拥有一家书店近乎固执的痴迷，但它确实是我的一个挥之不去的情结。事实上早在20世纪90年代我就曾和斯继东、邢建平等几位朋友在嵊州城里开过一家书店，尽管最后以关门大吉每人分走几大捆积压的书籍而宣告失败。回过头去看，这一切或许应该追溯到童年，那一份对书籍和阅读的爱好和迷恋。从另一个角度说，是那些大自然的语言代替我编撰了幼年的词典，从小培养了我对想象、虚构、观察、记忆、冥思的爱好，而这一切，可能都是寂寞和安静带给我的恩赐和教育。因此，一家没有实体的看不见的书店早就存在，许多年之后，我只不过是给出了一个外在的肉身。

崔丽娟：您的诗歌总能找到精准的语言以恰当的修辞来完成思想意识的传递。以我喜欢的一首诗《嗅辨师语录》来说明一下个人感受，每一句诗在自然物象和现实生活对应关系的想象勾连中自由跳跃又合乎情理逻辑，这种跳脱不仅没有隔断语言气韵，反而因某种荒诞产生意想不到的诗意。诗人、评论家一行曾评价："蒋立波是很有精神性和修辞特质的诗人。"您是一位颇有辨识度的诗人，为此在诗艺上做了哪些探索？

蒋立波：辨识度来自诗人的语言风格，包括用词、句式、语气、语调，也包括换行、分段、标点，同时也来自诗人惯用的修辞手法、意象体系、结构方式等方面。但辨识度并不足以担保一个诗人是否可以列入优秀诗人行列，它只是一个诗人得以成立的最基本的一个特征。比如有的诗人辨识度有可能很高，但从诗歌本体的角度，其文本有可能仍然是非诗的，甚至是无效的。但我很乐意我诗作中的辨识度能够得到你的认可，毕竟诗人的写作动机很大一部分是来自对"独创"的追求。《嗅辨师语录》是我个人比较喜欢的一首短诗，也曾被一些朋友多次提及。嗅辨师又叫嗅辨员，俗称"闻臭师"，其工作的主要内容是监测与分析"臭味"对城市空气的污染，并为其划定级别，以便环境监管部门责令有关单位对臭源进行治理时有据可依。最早听到这个职业名称是"越人诗"在巨化集团搞的一次诗会上，据化工厂的朋友介绍，嗅辨师除了不能有鼻炎、不能熬夜以外，还不能抽烟喝酒，像火锅这类辛辣的食物也不能吃，甚至不能使用香皂。如此苛刻的职业要求，我当时听后很感兴趣，因为我自己是个严重鼻炎患者，医生说我已经丧失了至少一半的嗅觉功能。在我看来，诗人某种意义上也在扮演着类似嗅辨师这样的角色。但在这首诗中，嗅辨师却是丧失了嗅觉的，这让这首诗呈现了一种复杂、荒诞、悖谬的戏剧效果，或者说也算是一种夫子自道吧。而这种戏剧效果的达成，很大程度是依赖于"精准的语言"与个人化的修辞手法，具体来说，我追求词与词之间某种类似于齿轮般的咬合关系，以追踪空气中弥漫的"可疑的化学"。因此诗在这里就成了一种"侦察"

与"捕捉"的行为，如诗中写到的"轴承停止了转动，但那些齿轮与螺母在梦中／仍然像情人的舌头在绞合、拧紧"。我倾向于刻画出微妙、细腻、不被轻易勘破的语言肌理，以至赵学成兄称之为"对后工业时代风景的美学测绘"，这就需要诗人担起测绘师的重任，调动起包括"嗅觉"在内的各种感官与直觉，并且保持对此种感官与直觉的充分信任，从而有可能捕获隐匿的、无名的、存在的奥秘，特别是躲藏在语言缝隙中的气味、声音、褶皱、断裂、歧义。我比较看重语言推进过程中遇到的另一股"反坐力"，那种必要的阻滞和阻力我认为是更为珍贵的。相反，对那种被"抛光"过的平顺、畅达、光洁的语言必须时刻抱有警戒。对于修辞的诟病我当然也多有听闻，但我仍然坚持认为修辞在诗中是不可缺席的，甚至在绝对的意义上，诗就是修辞。当代诗所追求的复杂和丰富，更是呼吁我们必须去发明一种与主题相匹配的有效修辞。除了这首诗，其实我的其他许多诗作，也是在努力实践这样的一个诗学主张。因为当代诗无可置疑地肩负了辨认、分析、索引、侦讯、考古的任务，它必须积极回应来自历史和现实以及语言内部的巨大的压强，所以试图以一种过分精巧、轻飘、清澈的语言来偷懒的行为，与其说是一种美学的天真，毋宁说是一场美学的灾难。

崔丽娟：您一方面善于通过丰富的意象来传达情

163

感，通过形象的塑造来表达心境；另一方面似乎又把语言使用得出神入化。您的语言密实精致，佳句迭出，请问您怎么看待诗歌中的佳句或者金句？语言值得诗人信赖吗？您更重视语言，还是技巧？

蒋立波：谢谢你的褒奖，我当然离语言使用得出神入化还很远。在我看来，诗是一种绝对的信赖，对自然的信赖，对生命的信赖，对爱的信赖，对世界的信赖，而从根本上说，诗就是对语言的信赖。大众和语言之间并非完全的信赖关系，而是一种实用的关系。比如新闻语言、公文语言、广告语言，这种语言和我们之间更多的是体现为某种功利的诱导和灌输，甚至带有胁迫或谎言的性质，呈现出夸大其词、天花乱坠、虚张声势的特征。而诗人和语言之间则是绝对的信赖关系。"写诗的人写诗，首先是因为，诗的写作是意识、思维和对世界的感受的巨大加速器。一个人若有一次体验到这种加速，他就不再会拒绝重复这种体验，他就会落入对这一过程的依赖，就像落进对麻醉剂或烈酒的依赖一样。一个处于对语言的这种依赖状态的人，我认为，就可以称之为诗人。"这是俄罗斯诗人约瑟夫·布罗茨基诺奖获奖演说中的最后一段话。他精准地解释了诗人与语言相依为命的信赖关系，也就是说，这种依赖和信赖的程度越高，诗人对世界的感受力就越强，诗的言说也就越能触及存在的本质。在优秀的诗人那里，他笔下的词语总是处于一种友爱的关系之中，词和词之间构成了一个亲密的共同体。一首诗需要金句，但光有金句不足以支撑起一首诗，所谓有句无篇，肯定是需要警惕的。

而值得注意的是，诗人和语言的信赖关系并非单向的，而是相互的，在布罗茨基看来，甚至许多时候不是诗人在使用语言，而是语言在使用诗人。我不认为语言仅仅是工具和载体，语言的工具化恰恰是我们应该警惕的。技巧当然非常重要，再怎么强调都不为过，不过我更愿意使用技艺这个词，因为技艺不完全是"机巧""巧妙"，它更多地倾向于诗的微妙。一位成熟的诗人肯定需要发明出一套属于自己的"技艺的工具"。只有当一个诗人领悟出这样一套"技艺的工具"，他才算是进入了一种自觉的写作。如果我们承认诗人也是一名语言的工匠，那么忽略甚至贬低技艺就不是无知，而是狂妄自大。

崔丽娟：我感觉您在生活中是一个孤独者，但也比较喜欢结交朋友，之前您和朋友曾办过《麦粒》《星期三》《白鸟诗报》《越界》等民刊，也有一定影响，这些名称是不是都有故事？能不能讲一讲这方面的事？

蒋立波：你可能说对了一半，对于结交朋友，我既渴望寻找那种真正可以推心置腹、谈诗论道的朋友（知音），但又时时保持着某种警惕或戒备。因为在一地鸡毛的现实处境中，知音总是极其稀少的，碰到的更多是泛泛之交。我曾经多次说起过"诗歌的知音学",写诗对我来说有一个隐秘的目的,那就是寻找理想中的读者,哪怕事实上只存在真正能够理解的三五知己,甚至压根儿就不存在。难怪西渡也注意到了我诗歌的一个特征,"就是把诗歌视为一种交流的信念"。你提到的这些民刊,创办于不同的时期确实跟朋友有关,也跟我居住过的几个地方有关,比如最早的《星期三》,那是在绍兴读大学时,大概是1986年,当时绍兴有好几位非常有才华的诗友,有的是从杭州高校毕业回绍兴,有的是在本城工作,他们从报纸上看到我的诗歌,大概觉得还可以,就找到了还在读书的我,把我拉入了"星期三"诗社,然后一起创办了《星期三》诗刊。回过头去看,这个时期实际上是我的一次现代诗的启蒙,特别是从杭州毕业回来的天目河和陈也东,带回了当时崭新的诗歌前沿信息,刷新了陈旧的美学观念和对现代诗的固有认识,对当时的自己冲击很大。《麦粒》是大学毕业工作后办的,当时被分配到了偏僻的山区学校教书,非常苦闷、压抑、孤独,唯一跟外界的接触就是同在另一所山村小学教书的杜海斌(杜客)书信交流各自的诗歌写作,邮寄手抄或打印的诗稿,大家自然而然就萌生了一起办诗歌刊物的想法。《白鸟诗报》其实是《麦粒》的延续,只不过参与的人更多,也发生过一点点不愉快,好像当时嵊州一大半写诗的都曾参与进来。柯平看到

《麦粒》上的诗，马上写信来，对我的诗大大夸奖了一通，还在当时的年度浙江诗歌评述中作了重点点评。我当时的想法是，办一份新的诗刊，用销售赚来的钱邀请柯大师过来喝酒，结果可想而知，钱没赚到，还差点惹出了麻烦。《越界》则是我定居富阳以后的事了，那些年我跟旅居北京的同乡诗人回地交流比较多，他是对我的写作产生非常大的影响的诗人，除了文学，他阅读了大量的哲学、神学、伦理学著作，是一位耽于思考的清教徒式的优秀诗人。我们曾经一起在北京亚运村附近一个叫北顶村的地方生活过一段时间，一边为每天的吃饭发愁，一边研读《神曲》《浮士德》和福音书。我们一起编过一本《越界与临在：江南新汉语诗歌 12 家》，基本上是生活工作在绍兴的诗人或生活在外地的绍兴诗人的一个合集，后来就用"越界"这个名字创办了同名诗刊，可惜只出了一期。

崔丽娟：您是浙江嵊州人，这地方是越剧之乡。我曾经在上海越剧团工作过一段时间，对您 2021 年 1 月 16 日在上海民生现代美术馆诗歌分享会上说的一段话产生共鸣："越剧深深影响着我的写作，我的诗歌当中也萦绕着这种声音，越剧已经成为一种宿命性的东西。最近五六年，随着人生阅历的增加，我写诗在做减法，但方言的影响、地方戏剧那种特有的声音的教育没法减去，已经深深地进入我的身体里。"您的诗散发出深厚的人文底蕴，请问在借鉴古典寓意来表现当代经验方面有什么体会？新诗的当代性该如何理解？怎么看当下很火的"新工业诗歌"？古典意象和当代经验之间存在着一种什么样的关系？

蒋立波：对于我来说，在哪里写诗都一样，包括自己身上背负的那些地域文化基因，说实在的，有很长一段时间我曾想努力地摆脱掉它们。我可能更倾向于一种"去地方性写作"。当然有些东西是无法摆脱的，就像从母体里带来的胎记，它们肯定在无形之中塑造着、规训着我的写作，至少在诗歌里会有所体现，比如有评论者说到我诗中的"愤怒，沉郁，牢骚"，包括"水袖、唱腔、长亭短亭"，甚至是"榨面和豆腐年糕"，我想关键是如何转换、消化、激活这样一些板结了的文化元素与意象符号。借古典寓意来表现当代经验，我想不仅仅是像旧瓶装新酒那样简单，这跟上面有个话题紧密相关，就是说在古和新之间，不能只是单向的"以古诠新"，我认为也可以是"以新诠古"，而更关键的地方是，在古和新之间必须有一种对话关系，在互相的质询、盘诘和使用中建立起真正的"互文性"。有一个有趣的现象，在我的老家嵊州，越剧的发源地，那里的人被外地人不可思议地称作"嵊县强盗"，在这么一个越音袅袅、柔情似水的越剧的故乡，很难跟强盗联系在一起。但事实上，嵊州确实出过一个著名的辛亥英雄、"绿林大盗"王金发。所以说地域文化也不是单一的面向，越地既有愤怒和沉郁，也不乏柔情与逸乐。夏可君曾经说到，他在我的诗中能够读到一个绍兴师爷的"侠客意气"，或者说是一种"决绝的技艺"，我认为是非常准确的。

现在讲得比较多的是新诗的现代性。你使用了"当代性"这个概念，我觉得非常好，因为我们写的是当代诗，当代两个字的重要性是毋庸置疑的。当代性肯定不是风花雪月，不是农耕景观，不是伪乡土，甚至也不单单是挖掘机和炼钢炉的火花、生产线和工号。我认为当代性恰恰是要到这些东西的背后去寻找，"一个现实主义的诗人也可能反现实"，这个反现实不是对现实的反动与对立，跟现实唱对台戏，而是说要到现实的背面去寻找一种能够跟现实进行对话，甚至是一种激辩并构成某种张力的东西。没有这样一种张力，没有诗的"辩难"；没有这样一种紧张关系，当代性也就无从谈起。而且当代性也未必就是只限于写当下，写眼前的东西，你写历史，写记忆，写古典故事，同样也可以表现当代性。比如张枣写梁山伯与祝英台，朱朱写清河县，西渡写奔月，宋琳写山海经和雪夜访戴，我们从中读到的那种当代性甚至可能比写工厂抒情的更为强烈。我当然不是说新工业题材的诗歌没有当代性，这里的关键当然是对古典叙事的某种活力的重新激活，迫使它与现实构成一种对话与互文的关系，从中唤醒一种新的诗意。写工业诗歌也一样，不能是一大堆新名词、新概念、新景观的罗列与堆砌，而是要从人与物、词与物的彼此纠缠与对峙中发现或者说发明出它们彼此咬合的某种悖谬关系。诗歌的胃，不但要吞下它们，更要有碾磨它们和消化它们的强大胃液。

崔丽娟：您肯定也受到外国诗歌的影响，在处理古典传统与西方技法的经验上秉持什么文化态度？您受到过哪些外国诗人的影响？

蒋立波：在我的诗歌中，可能你看到的大多是来自外国诗歌的影响。这可能是受到20世纪80年代末90年代初整个思想背景的影响。大学时期我读到的第一本诗集就是裘小龙翻译的艾略特的《四个四重奏》，因新诗本身就是从西方移植过来的，相对于古诗，它可以说是一种完全陌生的文体，而不是从本土文化中生长出来的，这就先天决定了我们首先需要领受西方文学的恩惠和营养，这不单是"技法"与形式的问题。某种意义上，西方诗歌是新诗的一个母体。因此说到外国诗歌的影响，我觉得再怎么强调也不为过，而且这种"输液"的过程一直在延续。具体来说，在不同时期，我受到过许多外国诗人的影响。艾略特、叶芝、里尔克和埃利蒂斯是我早期的师傅，后来喜欢上俄罗斯诗歌，叶赛宁、曼德尔施塔姆、茨维塔耶娃、阿赫玛托娃都影响过我。而最近十年我读得比较多的是扎加耶夫斯基、布罗茨基、希尼、策兰、勒内·夏尔、阿米亥、特朗斯特罗姆、史蒂文斯、博纳富瓦等诗人。

我的个人体会是，也不一定要跟风去读每一位翻译进来的诗人，某一阶段里只要读通读透一两位诗人并化为自己的诗学营养，就足够了。

　　当然，话说回来，因为新诗是在汉语土壤里生根发芽的，所以必然也接受了汉语古典传统的滋养。这种"滋养"不以人的意愿为转移，是无法选择的。我们是读着唐诗宋词长大的，我们的血液里先天携带了古典诗歌的基因。年岁渐长，我也在重新向古代诗人学习，这是必须补上的功课。这不是简单的一种返回，而是通过重新阅读，来唤醒古诗中沉睡的跟新诗共通的仍然具有活力的部分。

　　崔丽娟：您开始写诗时，别人询问您为什么写诗，当时是怎么回答的？如果现在问您同样的问题，又将如何回答？在您看来，"诗人""诗歌"应承担什么职责使命？诗可以"介入现实"吗？

　　蒋立波：在刚开始写诗时，如果要问为什么写诗，其实有一个让人羞愧的目的，那就是想通过写诗来吸引女同学的注意。因为在那个年代，诗人还是一个受人瞩目的行当或职业，当时在一座小城里，聚集上百号诗人并不足为奇，甚至在和女朋友约会时都时兴带上一本诗集，或在口袋里揣上一首献给她的诗。这当然只是一种带有自嘲的说法。很长一段时期里，诗人扮演的是类似祭司的角色。就像诗人雪莱所说，诗人是文明社会的缔造者，是未经公认的立法者。而在柏拉图那里，诗人则是诸神的解释者，尽管许多人知道他曾发誓要把诗人逐出他的理想国，并且罗列了诗人的各项罪状，但其实他的本意并不是所有诗歌都不能进入，因为他曾说到"除掉颂神的和赞美好人的诗歌以外，不准一切诗歌闯入国境"，说明只要是"好的诗歌"，只要是服务于"完美的灵魂对最高理性的回忆"，这样的诗就是理想国中诗的存在方式。

　　而在一切分崩离析的现代甚至后现代景观之下，这样的"立法者"的角色显然已经坍塌，诗日益成为一种"向内收缩的宗教"（冷霜语），谈论"诗人"的职责和使命在当下也多少显得过于宏大，不合时宜。在我看来，诗是一台奇妙的加速器，它可以帮助我们在混乱无序的盲目运转的世界里，搅拌经验与心智的碎片，建立起一种语词与伦理的秩序，从而自成一个微型宇宙。或者说，诗某种意义上就是管中窥豹，我们从来都不可能看到豹的整体，而只是一个投影、一个虚幻的影子，那神秘、斑斓的一闪。至于你说到的诗的介入问题，我想重复奥登的一段话："一个诗人，身为诗人，只有一个政治责任，即通过他自身的写作，来为他不断堕坏的母语建立一个正确使用的典范。当词语丧失了其意义，肉体的蛮力就会取而代之。无论如何，就让一个诗人按他自己的意愿去写现今所谓的'介入诗歌'吧，只要他明了主要是他自己会从中受益。他这么做了，自会提升他在那些同道者中间的文学声誉。"诗肯定在介入现实，就像现实也在介入诗歌，只不过我们是以诗的方式来介入的，因为我们只能是在语言内部来处理我们所面临的现实，诗最终呈现的也只是语言中的现实。不存在专门的"介入诗歌"，诗就是诗，而不可能是别的。诗人的职责就是通过写诗来维护语言的神圣，来阻止语言的败坏，因为语言的败坏最终带来的是道德的败坏，按奥登的说法就是"肉体的蛮力"的胜利。

崔丽娟：您闺女蒋静米被誉为"诗二代"，已经出版了两本诗集，她还写小说，大有长江后浪推前浪的态势。这是否有"家学"的传承影响？同时我也看到您和年轻诗人有些互动，那么对"90后""00后"的诗歌创作您有什么期望和建议？

蒋立波：对于"家学"之类的说法，作为父亲，我一笑置之。因为我觉得我从来没有有意识地对她进行过任何诗歌的引导与训练，如果一定要说影响，那可能是书架上的海子、卡夫卡，和几本当时订阅的诗歌刊物，给予了她最初的文学启蒙；而根本上，她的诗歌写作是自我教育的结果，或者说，这是一种绝对天赋使然，像一位朋友说到的，她生来就是要写诗的。因此，我毫不奇怪她在大学的某一天突然写出了一首诗。我也不会怀疑，将来某一天（很可能就是现在），她远远地走在了我的前面。其实我跟国内的青年诗人接触不多，特别是"90后""00后"诗人，仅有的印象也基本来自一些零散的阅读。他们中的大多数起点比较高，学历也很高，外语水平普遍不错，能够更便捷地接受当下外国诗歌的影响，许多人能够阅读原文甚至自己动手翻译。换言之，他们在开始文学生涯之前的知识储备、文学积累与理论素养是相当完备和充分的（有不少青年诗人还是批评家，同时兼诗歌翻译），所以阅读他们的诗歌其实也是充满了挑战和冒犯，当然也必然伴随着更多的意外和惊喜。从他们的诗中，我能够感受到当代汉语的最新流变和美学触须，能够触摸到其诗歌语言和技艺所体现出来的敏锐、大胆、活泼、新鲜。跟前面的一二代诗人相比，许多诗人或许要用十年才能完成的学徒期，他们在本科阶段可能就已经大致完成了，有的甚至已经写得相当成熟和老练。这无疑是需要我们认真面对（另一方面说也是值得学习）的一种崭新的语言存在和汉语景观。当然，从另外一个角度来说，一个优秀诗人也是终生的诗歌学徒，他的学徒期可能永远不会结束。青年才俊们在学徒期里可能更侧重于语言的探索与感受力的发掘，更多掌握的是技艺的锤炼与形式的打磨，而在精神肌理的凸现、生命经验的结晶等方面，留给他们的或许还有更广阔的空间和可能。

崔丽娟：继 2020 年出版诗集《迷雾与索引》，2022 年出版的诗集《听力测试》反响不错。《听力测试》似乎有某种隐喻暗含其中，这是您的变法之作吗？

接下来有什么新的创作计划，打算出版新诗集吗？

蒋立波：求变当然是每个写作者的一种隐秘的愿望。《迷雾与索引》是我历年诗歌的一个选集，考虑到需要客观呈现若干年来自己写作的全貌和美学流变，所以收录了一些如今看来不够成熟的作品，语言风格差异比较大。而《听力测试》选的基本上是过去一年的诗作，作品风格相对来说比较整齐，我自己可能比较看重。谈不上"中年变法"，但从中可以大致看出我进入中年以后写作上的一些变化，比如修辞强度的增强，诗中词语之间紧张关系的加剧，知识考古学倾向的强化，语言的客观化与情感的克制，元诗写作的倾向。我不知道这些变化到底是好还是不好，但我知道必须有变化，唯有变化才能有效抵制精神的贫瘠和语言的僵化、诗意的板结。听力测试，听起来确实颇有隐喻的味道。无论写诗还是读诗，我觉得都是有关听力的一次测试。在一个成熟诗人的作品中，我们肯定能够辨听到一种独特的声音，他的语气、语调，他的气息、口吻，他的语词构成的节奏，都让我们感受到一种独属于他的声调。希尼谈论奥登时用到过一个词——"测听"，那就是以全部的感知去测试和辨听声音的奥秘。他认为奥登"把英语诗歌带到了离可怕的想象力的边界一度是最近的地方，并提供了一个例证：20世纪人类是怎样承受孤立的经验和普遍的震惊的，从此可以从英语之中测听到"。那么不妨借用这个说法，为了从汉语之中测听到那种"孤立的经验"和"普遍的震惊"，我们该怎样克服听力的日益磨损，或者说，该怎样在离可怕的想象力的边界最近的地方测听到寂静的轰鸣？我当然在想，接下去是不是可以找到诗歌写作的一种新的可能、新的引擎和方向。这就必须有一种持续推动自己写下去的内在动力，我得好好思考，如何让自己的写作保持一种更为饱满而新鲜的活力，如何让自己的语言触觉变得更为敏锐。但这些仅仅也只是一种愿望，重要的是真正贯彻到具体的写作中去。一句话，写诗太难了！说到计划，年底或明年初会有一本新诗集出版，一本写了两年的长诗《乌有书店》也在继续修改，有望明年初定稿。

2022 年 11 月—2023 年 12 月